新时代诗库·第二辑

河西长歌

古马 著

中国言实出版社

图书在版编目(CIP)数据

河西长歌 / 古马著 . —— 北京：中国言实出版社，
2024.3
ISBN 978-7-5171-4760-2

Ⅰ.①河… Ⅱ.①古… Ⅲ.①诗集 – 中国 – 当代
Ⅳ.①I227

中国国家版本馆 CIP 数据核字 (2024) 第 049918 号

河西长歌

责任编辑：郭江妮
责任校对：邱　耿

出版发行：中国言实出版社
　　地　址：北京市朝阳区北苑路180号加利大厦5号楼105室
　　邮　编：100101
　　编辑部：北京市海淀区花园路6号院B座6层
　　邮　编：100088
　　电　话：010-64924853（总编室）　010-64924716（发行部）
　　网　址：www.zgyscbs.cn　电子邮箱：zgyscbs@263.net

经　　销：新华书店
印　　刷：徐州绪权印刷有限公司
版　　次：2024年4月第1版　2024年4月第1次印刷
规　　格：880毫米×1230毫米　1/32　10.125印张
字　　数：135千字

定　　价：58.00元
书　　号：ISBN 978-7-5171-4760-2

　　古马，祖籍甘肃武威。中国作家协会会员，甘肃省作家协会副主席。主要作品有诗集《西风古马》《古马的诗》《红灯照墨》《落日谣》《大河源》《晚钟里的青铜》《飞行的湖》《凉州引》《宴歌》等十余部。另有编著、合著多部。曾获《人民文学》年度诗歌奖、《诗刊》年度诗人奖、甘肃省委省政府敦煌文艺奖一等奖等。被授予甘肃省德艺双馨中青年艺术工作者称号。

　　Gu Ma, from Wuwei, Gansu Province,PRC, is a Member of Chinese Writers Association and Vice Chairman of Gansu Writers Association. He has published more than ten collections of poems ,such as "West Wind and Ancient Horse," "Poems of Ancient Horse," "Red Light Illuminating Ink," "Sunset Ballad," "The Origin of Great River ," "Bronze in Evening Bell," "The Flying Lake," "Liangzhou Lyric" and"Banquet Song" , as well as has edited or co-authored many books.He has won the Annual Poetry Award of "People's Literature ," the Annual Poet Award of "Poetry Monthly" , and has been awarded the title of young and middle-aged artists with noble morality and virtuosity in Gansu Province.

新 时 代 诗 库

目 录

CONTENTS

第一辑　西凉如月

第三辑　雪上马行

第四辑 云间如意

第一辑

西凉如月

双峰驼

一匹骆驼丢了

是的。是去雅布赖驮盐时丢的

一匹骆驼丢了

是的。是去诺尔图饮水时丢的

一匹骆驼丢了

是的。是在苏亥赛钻红柳时丢的

一匹骆驼丢了

是的。是在夏拉木吹口哨时丢的

一匹骆驼丢了

是的。是春天剪驼毛的时候丢的

一匹骆驼丢了

是的。是夏天发情的时候丢的

一匹骆驼丢了

是的。是秋天上膘的时候丢的

一匹骆驼丢了

是的。是冬天下大雪的时候丢的

一匹骆驼丢了

是的。丢了两年零三百六十五天了

一匹骆驼丢了

是的。拴过的枯木桩都长出了眼睛的叶芽

一匹骆驼丢了

是的。结冰的石槽都记得它热乎乎的鼻息

一匹骆驼丢了

是的。起夜到帐房外撒尿时看见的流星

都忘不了它的眼睛

一匹骆驼丢了

是的。不是一匹骆驼丢了是我的魂丢了

有人说，我的魂丢在了曼德拉的山里

有人说，他们看见过一匹纯白的双峰驼

是的。是有一匹纯白的双峰驼昂着头

从一尊黑铁的大石头中慢慢地走了出来

是的

有人说，他们看见过我的双峰驼

他们到过曼德拉最高的山峰

转场

——赠恩科哈达

我们要去的地方
白唇鹿的嘴唇碰到阳光的苔草
石缝里的清水就像它回头张望的眼睛
四周围或有树影一短一长
北山的云鱼化草草化虎豹变幻莫测

我们要去的地方
雨水嫩绿沙葱长势正好
圣主成吉思汗的眼睛
泉眼之眼 北斗以北
我们要去的地方要走上九天九夜

驮上帐房茶炊赶上羊群
转场前还有些事必须办完
马头琴琴柱断了琴箱破了
那双穿过很久的靴子底儿掉了

昨夜煮滚奶茶煮罢羊肉的火

已经灭了灰已经冷了

还有我们的不如意和难堪

要一一埋藏，干净的沙土埋藏深些

让来年春风吹绿这挂念的地方

好了

我们要去的地方还有很远的路程

要骑上马，牵上骆驼

让一只欢实的细犬窜到前面

只是你别忘了

带着清晨的口哨

只是你别忘了

吹起夜里的口哨

凉州月

母亲，火车快进站了：早晨六点多
田野里黑沉沉的，透过车窗
我看见积雪、瑟瑟枯草
苦杏仁大小的月亮——

从前，你们还住在市区的平房里
储存的白菜都结了冰花
炉火上炖着羊肉，满院香喷喷的灯火
等我从外面回来的脚步声点亮……

老大不小，我又回来了。母亲啊
月亮那苦杏仁淡淡的清香
只有我能替你闻到一丝一毫

一丝一毫，便能使你得以宽慰？

夜宿雅布赖小镇

烈酒与歌声
我已经醉了，我没有时间仰望星空
我不会小心指认
雅布赖遍布天空的大颗粒青盐中
哪一枚是黄羊夹子 不动声色

我也不再想那西山背后
会有几个穿着兽皮围裙的女人
正围着山岩上落日血红的手印
一边烤火一边说着信任鹰与巫师的大酋长

我醉得多么彻底
醉梦恍惚，我从通向巴丹吉林蓝色海子的道路上发现了它
——一只可怜的小犬身陷刺棵当中 夜色深黑 不能自拔
我不禁抱起它，帮我拔去扎进它胸脯的每一根刺
我不禁热泪涌流，回头向你索要疗伤的妙药

寄自丝绸之路某个古代驿站的八封私信

一

我用一支鹰翎给远方写信
草已枯 雪已尽
戴着鹰的王冠
春天已经骑马上路

而你，能够一眼认出
大路上的春天
是你小路上的爱人吗

一

扯开你丝绸的衬衫
曾为我包扎灵魂的伤口
驿站的小女儿
我裹着野花远行

我的身躯？你的身躯？

水和岩石，叫做火焰

三

叫声最亮的蟋蟀

秋天的玉

镶在我的帽子上

四

蜂巢

这春天的鞍囊里装着

虎皮书、剑以及一点点贿赂死亡的甜食

策马仗剑

死亡啊，请让我从你眼皮下经过

我要完成他人的嘱托

把蛰痛的情书送抵你下面一站

五

翻捡旧信

我寻找一个省略号

我是不开花的肉体
得到花的浇灌

六

月光
像一条禁律或是
一枝印度郁金香
躺在私人日记上

风，不许乱翻

七

太阳下的蚂蚁
是黑暗的碎屑
它们聚集着
仿佛有一双看不见的手
正在努力修复一封
被扯碎的家信

八

路上坑多　天上星多
夜晚飞翔的鹰的灵魂

在寻找新的寓所，并且
通过风的手
把黑暗的花
安插进我疼痛的
骨头缝里

今夜呵，我是生和死的旅馆
像世界一样，辽阔无垠

生羊皮之歌

白云自白
白如阏氏

老鸹自噪
噪裂山谷

雪水北去
大雁南渡

秋风过膝
黄草齐眉

离离匈奴
如歌如诉

拜月祭日
射狐猎兔

拔刃一尺
其心可诛

长城逶迤
大好苜蓿

青稞炒熟
生剥羊皮

披而为衣
睡则当铺

羊皮作书
汉人如字

朔方的一个早晨

群山横亘

那摆脱了黑暗的马群是安静的

沿着山脊铺展到山坡平野的阳光

青嫩、甜蜜

仿佛正和西瓜上美丽的条纹

谈论着自由舒展的意义

如此辽阔的一个早晨

我还看到了在群山之中傲然生长的三叶树

巨大的三片叶子，借着风的力量

形成了一个绵绵不停的转动的叶轮

一朵向远方输送光明的花朵

如此辽阔的一个早晨

巡阅的车窗后是我经过岁月蚀刻的脸

凉州相会

——赠柯兵兄

古凉州
一只青蛙在叫：
古马，古马

——才旺瑙乳

舌根不烂
凉州有粮

在凉州
一位藏族诗人
眯着眼睛对我说——
"我要娶一位莲花一般的姑娘"

——那是前秦与后秦之间的阳光
——那是凉州的今天和明天

莲花即妙法

他的笑容多像是玻璃杯盏中晃出的葡萄酒

在鸠摩罗什的经文上慢慢洇开

西凉月光小曲

月光如我
到你床沿

月光怀玉
碰见你手腕

月光拾起木梳
半截在你手里

另外半截
插在风前

一把锈蚀的刀
插在焉支以南

大雪铺路
向西有牛羊的尸骨

借光回家

取蜜在你舌尖

西凉短歌

一

牛羊归栏不数头
暮雪随后

瞎子埋玉山沟
翠袖提灯上楼

灯花三结，河西小憩
铁马入梦，天下大愁

二

蓝马鸡溜过冰雪地
榆树瘦倒的影子
观音土扶起

三

黄羊血，葡萄酒
红柳吐火

为邪所侵
水碗立箸以测鬼
桃柳为符
遂钉恶鬼于乱石间

四

大清早
男人上房扫雪
女人入厨烫猪头
除夕将至

午时刚过
灶王爷不请自来
捉襟见肘
见自家白菜冻成冰

冰糖和烧酒
多多益善

五

大年初一
牛头系红马首挂绿
出行垅上

为春神设座
搁白色石头于田埂之上
祈求六畜兴旺五谷丰登
牛马的蹄窝里
撒胡麻黄豆及五色小麦

六

柳条儿青青
野艾长成

柳条儿摇摇
狸猫在叫

柳条儿飐飐
纳鞋穿帮

柳条儿软软
思念绵绵

柳条儿柔柔
爱是难受

柳条儿褪骨
野人吹笛

柳条儿带露
泪水如玉

柳条儿似鞭
秋风呜咽

柳条儿如铁
情不该绝

七

三星高照
照见兔子的嘴巴

一个腭裂的人
兴许出家
兴许回家

苜蓿开花
瞧，处处像她

八

茴香焙盐，祛除腹胀
萝卜蘸糖，美好姻缘

九

鸥枭如刀
风如割
割一缕韭菜惹出祸

韭叶宽的路咋走哩
韭叶细的腰没揽过

我的幸福
只比这韭菜中的水分多出一点
我的脸色却比春天的绿

十

胡麻吹筚篥

汉人坐胡床

一个瘦男子
他指着落日的手指
像失血的胡萝卜
渐渐变黑，风干

薄暮杂句

一

白杨说些什么
坟墓里的人知道

秋水
竖立在马的耳朵上

忙前忙后的——
蚊子呀

二

葵花的花盘
星星的幼稚园

三

秋风散余财

别忘了呀

一只小老鼠的眼睛

留下几粒玉米几颗麦粒

留下星星，给天空

四

拖着缰绳吃草的马儿

雨后

我想带着一条浑浊的溪流去找你散散心去

五

我只是想

和那棵有疤的苹果树

和那几棵距离不远不近的梨树

在田野里站上一会儿

我只是想和它们一起听听薄暮的声音

有人相互打着招呼

有人吆牛有人喊羊

真切又遥远的声音
露水沾湿了我的衣裳

六

天气转寒
马蹄变硬

旅人呵
苍山一路瘦了下去

七

乌鸦
请以明月的形象出现在我诗里吧

凉州白塔寺

一百零八座白塔

萨迦班智达居中端坐塔林之中

萨迦班智达纵身驾乘一朵白云，和另一朵白云

以额相碰，合掌相庆——那是七百六十多年前，他展开

一条哈达如展开雅鲁藏布江的雪水，双手呈献给西凉王阔端

雪山作证，彼时西凉，蒙古汗国的马蹄铁

顿时翻作晴朗天空中无数鸽子弧形的翅膀

弧形的镰刀飕飕飕

月夜西凉割胡麻

在西藏，用太阳的光线束腰，一捆捆走动的青稞

他们是大地和神佛的子民，是与我们血脉相连的亲人

胡麻忘记说胡话，青稞梦想坐禅床

七百六十多后年，客过白塔寺

白杨萧萧

一片黄叶，又一片，缓缓飘落秋收后泡茬的水地

把一页页无字的金箔，并入我寂寞的版图

汉砖

我的父亲希望我练出一手好字。他特意请人从武威县东河公社王井寨汉墓中找来一块 50 公分见方的青砖，并寻红土充墨，令我习字。道是，在砖上练得好就可以写宣纸了。在父母严厉的监督下，我每天下午放学都要端坐个把小时，用毛笔蘸着调和在瓷碗里的红土汁水，在两千多年前的青砖上胡涂乱抹。那在地下陪伴过无数汉简的八公分厚的青砖，或许知晓汉字就是汉人有棱有角的脸面，就是汉人大风起兮云飞扬的魂魄；或许压根儿不解痛痒，不会大笑，不会大哭，不会如我悬肘提腕，却心猿意马，满脑子想着外面的巷道里小伙伴们或弹玻璃球，或打着三角输赢花花绿绿的纸烟盒，喧哗而又神情专注——那是夕光中快乐无比的情形，那是金色的魅惑啊。横平竖直，点圆勾方，我开叉的毛笔却不能随意离开那块慢用笔画如骨肉的青砖，直到我昏昏欲睡，一觉四十八年，还依稀梦见母亲惩我偷懒或罚我干了一件小小的坏事，让我长跪在地，双手扶定顶在头上的那块血色浸润的巍巍的青砖，悔过自新，且须做到端端正正，否则就要被笤帚把抽打骨拐……金色的魅惑，金色的烟尘，惟有汉砖方正敦厚。

瓜州月

风大月小
路边贩卖蜜瓜的窝棚
三五点星火
载重卡车消失进无垠的寂静
能带走一个人梦里成吨的沙与雪吗

我梦见榆林窟里的一个飞天在哭
她哭得那么伤心嘴都歪了，还不停地哭
她让我把自己都哭醒了 在长途客车上
我瞥见车窗外的月
湿漉漉的，像一滴热泪刚刚淌出我眼角

西凉雪

十二月二十四日入故乡，是终身住所吗？哦，雪五尺

——小林一茶

一

罗什寺里的甘泉井

古佛这般充盈

雪眉积攒从古至今的新气

二

抄经扫雪

扫雪抄经

焙熟的青萝卜片熬酥油茶别有滋味呀

三

百衲衣

披坐披行过一生

廊前看雪。食指上的雪花眼见就化了

四

风铃悬挂飞檐

舌头埋葬雪下

对天说甚对地说甚

五

有一个人从我心里走了

没有她没有雪

小麻雀你来在这净土落脚，说说话儿

六

从早到晚的雪下到远山去了

从一盏青灯倾听梅花绽开的声音

不如从我骨头缝里听到的真切

七

冻梨穿冰甲

市井晨炊的热气

鲜于羊奶

后记：十二月十九日回故乡。二十日大雪。二十一日清晨入
鸠摩罗什寺散步，雪日空气清冽，不闻人语，鸟亦卷舌入喉，我
自宁静喜悦，若有所思。回归兰州，得闲时分行追记。

河西走廊的风

我的趣味
是在历史经线与现实纬线相交的无数个点上
确认自己的一滴热血

——题记

一

草尖上翻飞着蝴蝶
草根下必定有吹羌笛的白骨
吹露为花
吹石成沙

向西，向西——
凭借风的好力气
咣当撞开玉门
一脚踏进盛唐

二

人有自己的霜
野花的血已经变凉

风刮落的果实
是遍野的星星

风告诉你的
是它的经历

野花留下根
好像人的秘密

不要说破一切
不要跟风

一朵磷火之后
不再有一声鸡叫

三

风吹牛角弯
吹跑一口刀上的积雪
风呵，北斗七星

迟早吹灭

风吹绿了我的怀抱
吹醒了水和杏花

风若带来云雨
记忆就带来遗忘的嫁妆

四

溪水中的白石头
穷人的女儿扫过的地也很干净

风踏断她家门槛
花儿自草尖刮落

风刮掉帽子
自己去攥

五

雨后
一株有毒的花蘑菇
恍若彩色插图

鸣叫的飞禽
是逃离风口的经文
带着天空逃向大地边缘

雪景

积雪的山坡上

依次出现一只蜘蛛、一只彩蝶

在蜘蛛与彩蝶之间

在你我之间

用疼爱分发热量的太阳没有偏心

让那只蜘蛛追赶黑夜去吧

振翅的彩蝶是夏天投递的一封情书

经过秋天、你和我

将被山阴的雪收藏

此刻，只有我们的心跳

为寂静读秒

——哦，不要有风

如果有一点风声

我们的心立刻像两只脱兔

绕过眼前那丛蓬乱的荒草
跑向山顶离太阳最近的雪
跑进离黄金最近的白银

破冰

眉毛挂霜的清晨

一把斧头凭借我体内的热血

大声呼喊那在河流中沉睡的人

醒醒，和积雪的山林

新鲜甜美的太阳

和一匹马垂首啃食的田野一道醒来吧

斧头下迸飞的冰渣

剁冰取火

我只要一尾鱼儿

从我剁开的冰窟窿里

高高蹦起

——当一尾黄河鲤鱼

替那沉睡的人出门探望

我，就是新生活的第一个客人

凉州野调

三九四九
冻掉嘴唇

男人们袖着手
在雪地里跺脚

乌鸦就像黑棉鞋
就像唐朝的乌鸦
乌鸦就像黑皮靴
就像西夏的乌鸦

狐狸钻进红柳丛
野火遇见了野火

夜 雨

——纪念 1997 年 3 月 8 日去世的祖母

荆棘是冰凉的
头戴紫荆冠的亡魂
带来野径上的黑云
和隔年的蘑菇

三十七口井的村庄
一座白杨树环绕的庭院里
西红柿和茄子在暗中
竞相生长

堂屋的灯光
夜里深坐的亲人们
还在说着远行的人吗

回来了
终于回来了

那怯生生的亡魂
悄悄推开院门的手
突然被一道闪电
镀上耀眼的白银

生不带来死不带去
回到人间的
只是一场情义
润物细无声的雨水
汇合那倾泻的灯光
慢慢地流吧

从不同方向流进
这庭院里熟悉的菜地

西凉谣辞

一

二月炒黄豆
三月走耕牛

犁铧尖尖的银子
祖父的银胡梳
埋进土里

去相远，来相近
梨花临风——

有那么白
有那么嫩

水流来的祁连雪

哎呀，我心发慌

二

大河驿，流水冲出头盖骨

磷火过沙碛
旧鬼串亲戚

新鬼殷勤
头上顶着沙葱

三

铜裹铁，木槽破
饮马将军秋风客

秋风过后
一只刚刚产下的羔儿
在母黄羊的舔舐下站起，跌倒
……旋又摇摇晃晃地站立于漠野

四

剪断脐带

即涂麝香于婴儿肚脐

不拉肚子

从春到夏

布谷在叫

长高长高

五

石屠夫，吕屠夫

夜里梦见血脖子

雪地飞过红鸽子

樱桃枝叼在嘴里

六

落雪落雪

求偶于野

雄鸽转圈

冷风如割

雌鸽咕咕

关河明灭

前凉抱灰
后凉跟随

穿他北凉牛皮鞋
犁我南山雪

——天下无事

七

蜘蛛盘丝
英雄鬼没神出

红灯照墨
胡人眼圈发黑

黑羯羊皮
覆盖汉家软玉

八

马蹄莲下郊原血

拾一块铁

吃一副药

九

夜半鬼捣地

无他
无他

屋后萧萧白杨
鸱枭哭

十

野鼠窥星宿

莫睡
莫睡

银簪子挑灯
人等人

十一

门楣涂抹鸡血

墓地落下白雪

用鸡头祭祀的人
命里将开九把锁

十二

头枕鞋底
鬼不至

十三

二月乏羊
四月送先人衣裳

三月布谷头顶过
五月烧青稞

六月开镰
七月泡茬
大水灌进地洞
跳兔逃入手心
有意外收获

八月胡麻黄

九月水白淌
十月送大雁
牧猪倌盘炕要做新郎

十一月修缮农具
十二月数麻钱
一月喝白糖或红糖

无论何时生育
要将胎盘装入瓷坛
镇以青石
然后用红布封住坛口
埋入果树底下

周而复始

盐碱地

从玉门关运进来的和田玉要运往长安

骆驼刺和红柳尖啸

夜夜风声都似敌人袭扰的呐喊

这一层又一层的盐碱

一定是从埋在地下的汉朝士兵的骨头中渗透出来的

是矛尖和箭镞上的白焰，是警醒的集体发烧时的谵语

两千多年过去了

老老少少一群从临夏回族自治州移民到

玉门市独山子乡的人们

在这戈壁滩上盖起了房屋，种起了庄稼

"都是为子孙种呢，赔着钱种

种出的青苗大都让盐碱烧死了

没有个十头八年，地都种不熟"

眼睛宛如深井

一位东乡族老者指着茫茫盐碱，跟我们唠扯

是啊是啊

这一层一层翻上来的盐碱如同白内障的阴翳

埋在地下的士兵，要让他们熟悉并接受

这群能够拨云见日的父老乡亲兄弟姊妹

甘心捧出骨子深处的麦香和永世修好的黄金契约

仍须假以时日

西凉季语

一

手心打起紫血泡

眼眶噙住泪水

绿破土　新如玉

二

桑叶圆，蚕无眠

称其虫，气死牛

尊其君，造新宫

三

从地头掐把芫荽回家

天空滴下青翠的鸟鸣

春天的石头也有云的身子

四

月夜浇水

孤坟忒小

青蛙舌头忒大

思亲水流声

五

青柳插门头

遍配香包饮黄酒

猫儿狗儿也无忧

六

深宅大院的墙缝里藏着先人的头发

夏夜蝙蝠飞来飞去

不知把人们纳凉时的话儿搁哪稳妥

七

星星踩折青枝桠

偷杏的人是个疾溜的哑巴

雪月照着荞麦花

八

寡妇半睡醒
听见邻家蚊虫声
夏月正红肿

九

秋雨稠
檐下雀儿抱云困
不知周武郑王地高天厚

十

秋风紫
落日拔起胡萝卜

草露一堆
蚂蚱一嘴
人语依依薄暮里

十一

野烟湿
土豆秋睡足

野烟轻

银锹翻土月出云

野烟香

大火拍响铜胸腔

十二

中秋拜月

祭献的供果可以偷啦

求子的人连走带吃疾如风

不闻追喊声

十三

毛毛雨湿衣裳

闲淡话冷心肠

怨恨的人睡一起

磨盘缝里长蘑菇

十四

旅人

灰条上的白露

南山松色是哪家庙产

杂木河向北流去

残月把洗旧的毛巾晾在风中

十五

细箩观照

小鬼出门

秋雨接麦茬

醋浇烧红的石头

小鬼往前再走一程

十六

喜鹊窝

哪是母亲旧筺笼

秋雨针线连黑白

十七

狗皮帽子遮白眉

青石敲冰

敲冰担冰

榆影是借的细扁担

十八

大雪厚，雀嘴短

柴门的灯光

也像腊肉的油

十九

雪中狐狸回首望

村庄小麻钱

二十

雏鸟短喙的嫩黄

迎春花

跟母亲打的补丁一样新了

二十一

野鸭贴水呼喇喇

枯苇丛中一枝绿

旧人也似昆仑玉，白兼翠

二十二

青水煮野菜

花马过雪山

春月呀，一粒青盐

二十三

丁香开怀

马蹄踏紫云

夜半飞出城

二十四

和尚向绿槐打个问讯

狗儿望见伙伴

后蹄扬土欢

送行

过了西固

河口永登华藏寺乌鞘岭打柴沟岔口驿黑松驿古浪峡黄羊镇……

那些沿途要经过的地方火车都不会停留

自今晨，自一场雪中，一列火车出发

黑色的铁轨留下幽冷的光

像古人骑马远去，雪上空留马行处

古人庄重

鞍囊里有些赠别的盘缠

马儿也走得格外慢些

高铁轻快

今人非是不重别离

那些记忆里的地名

雪霰中的银两一明一闪

火车已到西凉

塔安僧舌

家中生火

疏勒河

昨夜有一颗小星

雪的孪生姊妹

陪伴他翻山越岭

她都说了些什么话呀

动荡的波涛折射出点点银花

醉梦一般

在野兽嚎叫的旷野

或是被一棵怪松的枝柯挂住

或是真累了

在哪一块老鹰蹲过的岩石上歇脚打盹

雄性的疏勒河

何时把那一颗映照他心房的小星走丢了呢

穿过黑夜的针眼

急促的河水

变得开阔

空荡荡
了无牵挂

旭日站在河岸上
笑盈盈地说：瞧，他比我圆通
释然、自在，比我还要前途远大

感激

你给过我翅膀

我借以到太阳用錾子凿刻岩画的群山里遨游

我借以收集錾子下迸溅出的古老智慧的火花

三十六诗篇入囊如钩沉西域三十六国舆图

掬饮巴丹吉林海子如结义九十九个兄弟姊妹

你给过我爱，如十月大碗的马奶酒

晃洒了雅布赖夜空又美又净的星星

欢乐的边疆

流星把青盐撒在神的伤口以外

神说，天下没有不苦的人

神不知道

你给我的翅膀悄然化作剪刀

慢慢修剪从回忆里长出的指甲和花草

我比平静还要充实——

太阳温煦，我心感激

如约

到边陲一座荒凉的小镇
没有我们认识和认识我们的人
镇子西头，是一望无边的戈壁

落日庄重
如走红地毯一般
挽着寂寞
缓缓走向
神秘圆满的殿宇

两墩芨芨草交头接耳
头发中有些风沙
我们肩并肩地坐在一起
面朝西方金光眩目的屏幕
渴饮余生：谁说我们无所回归
我们热泪盈眶
温暖的电流不禁从心里交会

传给那些蹲在电线上的麻雀

小小麻雀
今夜你们去睡在红柳的家里
在落日向世界投来善解人意的一瞥里
月亮，会如约赶来
把羊毛的银毡
披在我们身上

天堂之夜

夜幕降临
河水在山谷中诵经

柳棉粘露
龙青于石

碗中酥油
融合甘青

月下
有饱餐山野美景醉酣归来的画家
为我挥毫

画一枝红莲
如是爱心
独对寺院三千灯海

天堂寺

那些爱上石头的
和爱上马兰的蝴蝶
梦的翅膀　一样轻盈

可是你我
多么不同

我供奉一盏灯　在佛面前
需要缓慢的时间和一生的耐心
从黎明到黄昏
我点燃水的捻子

你吐气若兰
你说：闪电是空中银楼
所有怕黑的蝴蝶都住其中

你的话来自天上

仿佛幽谷中的灯火

这灯火

为何不由我燃起？为何我的嘴唇

变成悲欣交集的石头

天堂寺：早课

这黄铜的盏盂要反复拭擦
擦至心底洁净，盛以清水
供奉佛前
——在这每日的早课中，谁愿是
那一位年迈的喇嘛，缓慢、从容
他已经坚持了大半生，他的耐心
像浸透捻子的酥油，在光明殿
供奉一豆光明，热力绵绵

寺外的河水，一早赶路的人
精力充沛，兴冲冲加快脚步

虞美人寂寂开放
花瓣露水
霸王功名

柏烟香雾的僻壤：青山低昂，如寺庙门槛

山行

一只在半山坡吃草的牦牛
在它怀疑的凝望里
我只是一个孤独的黑点
重于片云、鸟鸣
异于满山紫色的杜鹃

我将沉入没有你的黑夜
数着星辰
那河水中永远也数不完的废铜烂铁

祁连山中

三月将尽。山岭依然枯黄
坚冰溶化
风声、水流之声
扩充峡谷的寂寥

受惊的羊只飞速攀爬阳崖
像一伙躲避乱世的匈奴人
立定于砾石纷纷滑坡的半壁
警惕回望——

一台白色的越野车偶然闯入
在谷底停住
几个人影从车里钻出
到马路边观望、溜达
有人去到背风处小解

一对灰天鹅从水面掠翅飞走

飞往何处栖宿

我们，又将魂归何处

古渡落日

一

篝火如鞋，柳丝提着鱼儿
篝火如歌，唱着去会情人
篝火如我，腮边涂满胭脂
篝火如灭，灭了生死你我

咦灭了，长歌短棹漫说

二

两只乌鸦
在树上观潮

黄河瑟瑟的波浪
是天堂和地狱之间的桌布

夕阳的铜盘空空如也
那亮铮铮的空盘子
乌鸦亲密的背影
恰似两枚落到人间的
爱的水果
充满变数

三

巴颜喀拉的雪
雪山女神的银梳子
只梳过黑夜的头发

从青海来的羊皮筏子
只运载
香日德的羊毛德令哈的盐

今夜的古渡
只亮我的灯
只想我的人

羊毛湿了
啊羊毛和胡须一同湿了之前
我要投放

一颗落日七粒井盐

我要减轻些筏子的重量

把对你的念想

托付给逆流而上的黄河鲤鱼

它们要游回源头

回到女神的祭坛

它们各个因此都快要瘦成一根刺了

四

渡口的芦苇

请记住那泅渡到尽头的人最后回望的

眼神

请藏好落日最后一滴哀怨的蜜

芦花飞白，芦花如孝

顺风又顺水的芦苇

戛然惊起于苍茫中白鸟

恍惚寡妇的新月

恍惚麻鞋踏上一条青石大道

五

我突然想到一面驼皮鼓了

被腥涩的河风潮湿，鼓声滞重难起
即使擂鼓的壮士手腕酸了头发变成白色的浪花
即使边塞的黄沙如亡魂暗中等待着进军的密令
一面驼皮鼓……总之，如果我们捕捉到了什么
——那只是它声音的泡沫，那只是蟋蟀的叫声

随太阳西沉的驼皮鼓
是浴血的驼皮鼓

古渡口
一根水泥电线杆
替代了霍去病立马横槊的形象
替我遥遥目送——

啊驼皮鼓

武威下雪啦

一

下雪啦

我出生的乡村

白杨的田野里那么多的坟堆

祖父的祖母的母亲的婶娘的，以及

更多的邻里乡亲的坟堆散布在四周

在越下越密的雪里

它们焕然一新再也没有半点生分

新雪

就像住在其中的人活着时的语言

重新散发出泥土的芳醇的气息

二

牛在庄院后墙下甩动尾巴

反刍着漫天风雪

我祖母活着时说，牛负轭
太苦了。她的话像雪花
清晰地落在牛忽闪的眼睫毛上

我祖母祭献神灵有时用牛肉汤做祭品
但她动荤腥，不敢动用牛肉
她说牛负轭太苦了，还要挨刀
这辈子不吃牛肉下辈子不敢当牛

三

黄昏把落在院子里的雪扫开
空出一小片潮净的土地
撒一些秕谷，间杂在新落下的雪粒当中
引鸽子下来，引几只小麻雀下来
屋顶上都是雪，天地间都是雪
它们还能去哪里呢

黑暗在胃里焚烧着
我记起那晒干的蒙尘的胡萝卜
我童年的手指那般粗细
却集聚了世界上最复杂的皱纹

四

老鸹也是贫下中农

它们蹲在冰雪的田埂上召开社员大会

飞雪，白如黑棉袄里露出的棉花

五

我想起乡村中学的一株松树

和它枝柯间悬挂的钟，我想起

上课的钟声，我母亲手拿粉笔盒

走进教室的背影，我想起

教师宿舍的玻璃罩子灯，绿色的灯身

那枝柯间悬挂的钟在黄昏打响

下课的钟声

星星满地，松果遍野

一盏玻璃罩子灯在冬夜深处早早亮起

六

装满木柴的车厢在颠簸

雪，坐在高高的晃悠不停的松枝上

新鲜，白嫩

这是一辆进城的解放牌汽车

车尾冒着蓝烟

雪路，凸凹不平

我和姐姐被闪在一旁

煤油灯

又黑又瘦

被闪在乡村清寒的夜晚

七

雪的生日

雪花如此欢喜

我们推着石头碾子

把晒干的洋芋片碾成黑面粉

雪花围着我们转圈

地上天上

水井不远

石头镶砌的井口早都结冰了

还冒着热气

八

黄昏的巢窠里
鸽子咕咕

白杨高梢摇
田野静悄悄
死去的人
想把满身白雪掸掉

犁铧沉静
捆麦子的长绳也要松松劲
镰刀疏远磨石，各自安生

九

鸡毛毽子高
长庚手叉腰
鸡毛毽子飘
米汤养人好
鸡毛毽子低
小路追大路
鸡毛毽子斜
明年头戴花

里拐外拐
飘洋过海
鸡毛粘脚背
雪花恋黄昏

苍山动心
要抬脚进村

十

雪一直在下
从现在下回过去，或者
正好相反

雪风长驱
霜流霉明
但道路习惯和寒夜的路基一道
往更深的寂静里走去，走得更远

我缄默，我的骨头有着比积雪珍贵的清醒

第二辑

胡琴琵琶

沉默的邮戳

一

去年冬天的那个寒冷的傍晚
在西去列车缓缓启动的时刻
那些贴在车窗上
向外张望的新兵的脸
有一张属于我儿子——
"像信封上的一张邮票"

我的心是一个沉默的邮戳
和他紧贴在一起，是的

我的心，早把我从站台上送行的
黑压压的人群中远远分离出去

二

他那刷洗干净的黄色的运动鞋
晾晒在家里的阳台上
他去当兵，两年后才能回来探亲
与他打紧行李的草绿色的绑带不同
白色干净的鞋带已经给鞋松绑
给自己放了长假，就像在太阳下
舒展的马莲
一二三四五六七，马莲开花二十一

儿子才十九岁
假设他没有去当兵，每天早晨
将穿着运动鞋在另外的路上
和黄河赛跑，比赛在转弯的地方
谁举起的浪花超过了春风的得意

但是没有假设
凭我家阳台上的鹅掌红和月亮打赌：
"一二一"，儿子选择了自己的道路
却无法选择他的父亲，我也一样
我追随儿子的道路如追随我血脉的霞光

三

听到见着儿子的人说
他有一阵子帮助军营灶上剥核桃
白皙的手指变得黑黢黢的
很长时间也洗不干净

他攥紧的手，固执地
躲避着我的视线——他从来也不曾
在信中或电话里提起吃苦受累的事

可我理解时间就是青涩的核桃
每一天每一个钟头每一分钟
你都得设法除掉那苦涩的青皮
剥出带着坚硬外壳的果实
——那果实，里外都有大脑的沟回
那是反省的收获，心灵的营养品

所以，我并不心疼
因为就算是尊贵的上苍
给我们带来白天的时候
他藏起的双手也一定是黑的
一定沾染了无数噩梦的苦涩的汁液
才把夜晚那肥厚的青皮剥离——呈现出旭日

四

夜晚，在零下二十多度的天气里
儿子在野外站岗的时候
远处怪兽般蹲伏的大山或许让他心生怯意
紧紧背上的枪，警惕地站在哨位上
军营静悄悄，一只咝咝作响的开水壶在火炉上
不在营房里，在天边的一棵低矮的树上，一颗寒星
仿佛霍去病时代的

多么遥远
我想提醒他倒倒脚暖和暖和
多喝些热水。在来人换岗前
他并不孤单，我站在一个父亲的心里
尽量站直了，一直站在他能够时刻感觉到的地方
像他的影子那样无声地陪伴着他

五

儿子给我老友打电话
请他劝我不要再喝酒了
以免伤害身体，以免有时情绪失控

"五花马，千金裘，呼儿将出换美酒"……
儿子是一名坦克兵，时常驾驶着坦克

在瀚海戈壁的古战场上外训
后背渗出的热汗变成了白花花的盐碱

花白的盐碱
花白的头发
黄叶灯下何人念远
漫揾老泪，酒杯换了茶盏

六

在军营中过生日
战友把蛋糕的奶油抹了他一脸
我从他寄来的照片上感受到了青春的快乐
记得小时候父母给我过生日
煮红皮鸡蛋，下一碗长寿面
至于生日礼物，他照片上"Ｖ"形的手势提醒我
那就是一把树杈做的弹弓——在我遥远的梦想里
离玩具手枪很远，却离快乐最近——此刻，就在他手上

七

腊月二十六日到邮局寄包裹
特快专递，盼望他能在大年三十或正月初一收到
可是没有。在一个叫"祁丰"的邮电所
那个包裹整整滞留了半个月

因为当地气温下降到了零下二三十度

包裹里的食品除了一个肘子外大部分没有变质

感谢酷寒！我儿子收到的包裹仍旧新鲜

我的心？他的心？像紧贴在包裹上的邮戳

注：“像信封上的一张邮票”——[以色列]耶胡达·阿米亥
诗句

雪霁

乡下的雪

雪雾清新得如冻梨的水

融入热肠

一只母羊

拴在庄户外的闲田里

两只羊羔围绕身边

和母亲

一同咀嚼着玉米的秸秆

那种进食和反刍的声响

丁爽、迷醉

如同三弦没有杂质的谐音

穿透了清晨的阳光

四野积雪更加沉静

松雪为障

祁连横断青海

坚守着清白

北面是累累坟茔

物是人非，在田畴

新雪的滋味始才渲染着新春的气氛

新人履迹一经蹈践雪地已如陈醋麦酒

平沙夜月

月出腾格里
玲珑的影子让我想起一只汉代雕花的灰陶罐
悬挂在年轻农民的棚圈

那罐口儿残缺的灰陶罐里装着西番麦的种子
种子留下，他把那祖传的玩意儿脱手相赠于我
他要在大沙漠边缘打井垦荒要在盐碱滩上种植星星
他憨笑着说他能骑着骆驼追踪到能说会笑的银狐
在落雪的沙漠深处，找到一树开花的红梅

……青壮能几时
旧地重游不见故人。沙岭远近
营帐遍布的观星小镇和旅行探险的车辆如蚁
沙雕群落，老苏武把羊群拢聚
昔日犬吠驼惊星火冻缩的邓马营湖
绿气晴光
月亮在石羊河中如在一本书里新增加的页码

天梯古雪

大佛披旧的袈裟
和山的皱褶里的积雪
一样的薄凉呵

白杨瑟瑟
暮霭中
下山喝水的黄羊
喝到落叶苦涩的味道

乌鸦飞过
投胎钟鼓
钟鼓的清晨
云是藕荷色的

突然想起的人
水波涌上大佛脚背
又落了下去

水里星辰

寒窑依旧

前村后店

前后不见那王宝钏

朔风急

一马离了西凉界

罗什塔院

开土种菜

小雨时节

濛濛绿气留待客人妙似香茶

雨淋铃

塔铃说些什么

无关紧要

都好听

秋天

菜圃里萝卜已经粗壮

胀裂土地的声音

被暖阳爱抚的麻雀一再压低

麻雀也来诵经

也都好听

三寸舌

千古塔

远处的祁连雪峰

被月夜的塔铃

轻轻摇醒

夜半煮茶

我们若在一起

会说些什么

入罗什寺

无需多余的东西
何况进入一座寺

何况多燕子
何况闻布谷
塔安原地
何况天蓝如布

披坐披行
塔影
始终以逆反的行动
默念着太阳

塔影迈入一口古井
请带上我心中九座雪山
无需语言
冷暖自甘

冰沟河取景

——赠凉州诸友

鹰的家族

在晴晕的高空表演飞行的方阵

从松林覆盖的岩壁边缘

数十双翅膀突然同时出现

排云直上

谁能察觉大山的山体有一阵轻微的地震

鹰唳清，草木黄

微风在起伏的山野传递着一个骚动的讯息

走兽窟穴昨夜霜

马莲滩头锈石寒

在那些训练掌握了平衡术的稳健滑翔的翅膀下

很快，一切都复归平静

溪流潺湲

一切如常

一只停止吃草的白牦牛

背倚苍山

与我远远对视

它有着和鹰的家族相同的苍茫辽阔的背景

我有什么

唐代菩萨造像赠友

一尊唐代的菩萨造像

赤足立于莲花之上

略垂的双肩上头颅早已不知去向

不知去向的头颅

是否仍会低眉含笑

是否仍旧渴慕汇聚光亮于舒张的眉宇

在古凉州古柏森森的文庙

无头的菩萨用肚脐眼呼吸着

一个清晨新鲜的空气

就是这尊腰肢美妙的菩萨

衣带飘飘

似欲远行

方趾妙相

妙似红叶上大如滚豆的露水

秋天深了，肃静的庙宇之外
是热气腾腾的街市
是食客后背沁出微微热汗
——清水流过心头的日子
才是最平常最真实的日子
才是菩萨和我们脑子里最美好的想法

附记：10月3日、4日清晨与老友约往南市同食，且先后走访鸠摩罗什寺和文庙，遍览文物，闲读碑文，因而有作。

龙首山下

紫荆花开成海了
花海周围有我的亲人和旧时相识

想起故去多年的姨妈
我该头顶月亮，祭拜她一番
她在病中，曾送过我一副
亲手绣的鞋垫，喜鹊登枝

明早喜鹊或许会唤开她旧时家门
而我却要早早出发，越过西大河
更西，渡过黑水

秋天风大
把月亮吹得干干净净
像一只剥了皮的羔羊

落日下

城郊交叉的铁轨间
几茎枯草瑟瑟而立

晚点的列车，似乎
与那些自建楼房的阴影达成一种永久契约

一群群麻雀飞过
如同波动的浊水泼向落日

原野生锈。岂止是东汉铜车马的阵仗
妄图在暮霭里复活一个帝国的辉煌

野狼长嚎的声音长驱直入，僭越炊烟
人类梦想的屋顶

和边疆一场暴风雪不谋而合
落日下羊牛，嘴巴尽是怒放的雪莲

马蹄寺

悬崖醒来

在鸽子的嘀咕声中

山谷的刺莓果已经红似太阳之血

白杨经霜而黄

那风中翻飞的金箔

似乎正适合抄写经文

我曾在哪尊古佛前燃灯

又曾在哪座石窟中

听老鼠半夜里偷喝灯油

灯摇红莲

月照祁连

怕冷的清溪急匆匆奔向山外

月落日出

十月的一个清晨

通往崖顶的险径上

一袭灰袍拾级而上

——一个僧人头也不回地走进了飘缈的白云

天堂小镇

雨后小溪挟裹着高山积雪和阳光的气息
亲爱的，我们且不忙随它去园子里摘菜
不用忙着洗掉菜根上的泥土

寺钟传送的金粉
是蝴蝶的晚餐
我们且去田野看看吧
看有多少蝴蝶　化身为明丽的彩虹了

虹桥这一头是甘肃
那一头是青海
尢分地界的佛，是小镇最年长的居民
今夜他的左邻是你我
右舍是一轮白亮的月

白塔寺晚荷

秋风吹，木叶黄
这一池的荷
如被冷热翻动的经文
秋霜留在萨班指尖
沧桑渗透荷叶经脉

那垂首的莲房
脱离了形容枯槁的形象
合掌皈依于水中倒影

雪山的倒影，如白塔
亦如一枚莲子
种入我微澜漾动的心田

暮晚的梦想里
有我永不分裂的疆土
如昨日的爱
如青莲，落了又开

雷台古槐

雷电的车马驰入地下
也不能探测到它根系的尽头

金印陪伴白骨
王侯满嘴尘土
绕过死亡的墓穴
槐根喝到甘冽的雪水

在雷神的第三只眼睛里
那被暗暗吸收的雪水升至古槐冠盖
是华严殿宇的穹顶
是天地人和飞龙交颈的隆重场面
是电母风师你争我吵行云布雨的阵图
是绿野春耕蜃气飘摇
是母爱一般殷殷的庇护
日日夜夜庇护着西凉这一方热土呀

醉来醉去

斜头蚂蚁

花香白，云香绿

雷台下，一个牙牙学语的儿童

拈着草茎逗弄蚂蚁

谁的家在河西

顶天立地一男儿

西营温泉

从冷龙岭下来的雪水
和干渠旁成排的白杨
从一大早就各说各话各弹各的调子

十月红黄
偷来虎皮的斑斓
这里曾是吐蕃故地
弯弓骑射天狼的勇士
名字早被风声埋葬了
你说起和亲的弘化公主
在偏于寒凉的西陲
在此饮乳酪啖腥膻的山乡僻壤
终于找到了
可以治愈乡思和皮肤干燥症的药泉
——就在萧萧白杨和泠泠雪水的话音外
热汤从乱石间滚滚涌出
如白莲盛开，如仙乐阵阵从天而降

哦哦果真是弘化公主的白莲
让个个试水的儿童变成花蕊
他们无忧无虑的笑就是今天和未来的黄金
哦哦哦哦果真是阵阵仙乐从地心升腾
让我们心耳洞明仿佛洗掉了三世积垢

——我们真的飘飘然似曼妙的飞天了
在西营，刚一触水我们就与阳光一同
深深地酥醉了

黑河观星记

这么晚了
天下谁还没有睡呢

谁会跟我一样
久久伫望着北方的天庭

七颗星星
像海棠的花苞
在一片蓝色的叶子底下悄悄地开了
像你昔年看过的海棠
又悄悄开了

黑河流过
怎知我心里是怎么想的
怎知你有没有半夜口渴
在生活的别处

别处也有七星
可也没有别人
认识的海棠

黄昏牧场

绿啊，绿的火焰
有多少植物我都叫不出它们的名字
有多少细小的虫儿在各自的命运中潜行

我就拿我的无知
和莫名感动的泪水
加入这无边无际的静谧吧

溪流有溪流的方向
我有我的归宿

落日的手
带着金色温暖的余晖
把世界的皱褶一一抚平

山岭退后
草原领主的仆人弯腰垂首，谦恭如仪

空谷之听

布谷的啼叫
似银环在阵雨后的黄昏
把高原草甸轻轻拎起又放下

整个河谷只有布谷啼叫
忽高忽低
高于碧峰雪线
低于灌木草根

更低的是流水与谷底乱石的低语
混合着日落西山的冷静
与昨夜狼群咬掉一头雄牛的睾丸无关
与人的事情无关

水在流
布谷在啼叫
有谁还在叙说

河西古道

是谁走向丝绸
一路驼铃丁当

露丁当

古道下面
怀孕的波斯菊
她的红宝石耳坠
在春夜里

丁丁
当当

又过马牙雪山

群峰乱错
峰峰亮雪
峰峰硬语盘空

——可以借此险峰好呀
仰天长啸　但是不了
我只愿俯身一条清溪
半蹲半跪　用一块旧毛巾
捧起雪水好生擦一把脸
脖子和耳根后面都要好好擦擦

然后直起身来看看远近风景
半山腰上大片紫色阵云
那是六月的杜鹃花吧
在雪线之下庄重自若

仿佛此刻吸进我肺里的空气

无比清冽无比甘醇

仿佛雪水……

向西

千里寻夫

夜夜只闻蟋蟀叫

忽远忽近的蟋蟀声

是边陲人早该换了的旧鞋吗

足寒伤心

她挽着小小的蓝色包袱

一团磷火

妻子模样

夜深沉

——在武威城郊的一个夜晚

半夜

我从梦中醒来

看见窗户外面

东来西去的汽车橘黄色的灯光

萤火虫一样闪烁

轻盈、温暖

那些一闪一闪的光点

更远的祁连山

山中通往闪电的矿脉

黑得无声无息

像一条僻静的路

路上，只有我母亲孤单地走着

只有我母亲的影子

无车可搭……

我感到灰心
披衣站在窗前
漆黑的夜色里
那些跳跃的光点
泪水的冰渣
变成毫无目的的省略号
……

什么都不曾发生
我什么也没有想

山旅书

一

风中盘旋的红嘴鸦
带着影子
带着黑釉的碟子

只有这些
不请自到的宾客
没有身份贵贱的主人

寂静的盛宴
枯草上的阳光
依然稀罕
好像老年人的爱情

在山阴

在松枝上
静静闪耀的
稚嫩的积雪
就是女神的眼睛

二

两棵雪松
一高一矮
跑到背风的山洼里说话

我们也能走到一处
跺去鞋上的冰雪
相视而笑

但晚夕要翻过几道山
但朝霞要趟过几道水

雪天雪地
梅花休说，休说——
石头崴坏了羚羊的脚

三

那条从苍松的根系里流出的小溪

是蓝色围巾
捧在我手上
捧到你眼前

星星
把金色温暖的小印
盖在你我的心上

古城谣

（古城，祁连山下一个宁静的乡村）

高高的白杨

深深的井

风中睡着我的母亲

麻雀忙碌

鸽子念经

白天的白杨下

睡着我的母亲

金星

摇晃在树梢

大地端出灯火

大地宁静

白杨翻飞的树叶

拿出哗哗的银子

（多么无用呵）

月光哗哗

高高的井中

藏着母亲的银顶针

深深的树下

埋着太阳的铜汤匙

绿洲曲

万里无云。千里无人
阳关以西
被太阳的紫外线烘烤的戈壁野烟焦糊
在长途跋涉者绝望的尽头
一块绿色的翡翠
是芦苇环绕的村庄
白杨钻天

和绿色相依为命的泉水
是从雪山来的
是偷渡枯骨磨铁的关防隘口
经过了野麻湾，从荒凉的地表深处
千回百转，一路摸黑来的

水和绿
和梦
相依为命

和你

相依为命

泉水歌颂的葡萄园

在热风中生长

一嘟噜一嘟噜的葡萄挂在葡萄架下

细雨滴破皮，我心忧矣

十里有云，我心忧思

在圆满和收获之前

三万亩葡萄还需要九天晴朗的日子

村庄外的晾房

像太阳的八百面手鼓

准备敲响

和你相依为命

你泉水中的星辰

是爱的眼睛

你续命的泉水

是孩子的歌声

雪水歌

雪水呵

曾是焉支花涂抹胭脂时的镜子

曾是乳房的偶像

青稞的腰带

男人和女人相互缠绕于黑夜的手臂

曾是一串跑动起来就哗哗乱响的铜铁兽骨零碎饰物

曾是绕过篝火熏黑的牛皮帐篷跑向天边的一支牧歌

曾是牛羊含盐的眼瞳含满感激……

雪水漂来落花

但不要送来刀剑

带走了我的春天和夏天

但请留下

回忆的月亮

白杨树

白杨树
村庄宁静的女儿
月光的姊妹

白天姓白
黑夜还叫白杨

白杨配黑马
我鞍前是路
路像开弓没有回头的箭
马后
越来越远
站着
你美丽又凄凉的名字

一朵乌云擦不掉的名字
一条小溪

日夜不停挂在嘴边的名字

白天姓白
黑夜你还叫白杨

白杨悲风
风
把你吹到我怀里
风把一对忽闪的大眼睛刻在我心上

锁阳城

落日心犹壮
——杜甫

这是一座被水背叛的古城
像是改嫁的年轻女人
疏勒河两岸的胡杨树以及夜晚闪烁的灯火
是她带到远方的儿女和珠宝
她再也不会惦记锁阳城的死灰冷灶上
有一只煮过酒和月光的铁盔

——如今已被寂静锈蚀，在它周围
蜥蜴吐着血红的舌信
和太阳周旋

这是一座严寒和酷热不断换防的城
闪电的青龙旗竖立在城头
黄龙于长城外纠集着胡尘和风沙

一层胡尘
三层沙
大雪埋不住的白骨长成了壮阳的锁阳

嗨呀锁阳酒
锁阳城里红柳红
秋天不亏血落日要补气
包一层铜在城门镀一层金在城墩
这是一座被水背叛由我重新认识的孤城

——辉煌的城墩上
恍惚有一个衣衫单薄的战士
举着一只牛角
正对盛唐时黑压压的边云
呜呜吹响

注：安西县境内的锁阳城为唐代边防古城遗址，历史上疏勒河曾流经此地，后改道。锁阳是一种植物，其根可以药用。

我捡到一枚汉代五铢钱

瀚海的月亮
真的太寂寞了
换一只黄泥埙吹给她听呢
还是买上半碗浊酒挡寒

一枚小钱
那锈在上面的戍卒的指纹
汉代掂量到现代
轻掂量到重

在烽火墩上眺望远方

方圆八千里戈壁
一列火车
仿佛一段开小差的长城
轰轰隆隆
离汉朝和明朝愈来愈远了

铁道下的枕木
和那睡醒后抖落满身黄沙的
根根白骨
在风清月白的夜晚
会集结成队伍
浩浩荡荡朝我开来吗

至今
我还用心保存着一粒狼粪火的火种呀

凉州雪四阕

——赠万岳

熏醋和曲酒烫滚的黄昏

风雪入东门

鼓楼上檐马叮当如儿童欢畅

惟大云寺钟肃默庄重

白雪装饰的屋顶

轻舻万艘泊在夜的港湾

灯火悠悠　我心悠悠

买早点的人总比清早还早

风雪出西门

野葱花的炝香勾着

臊面的沁芳热窜街道

西郊有鹿　白杨立雪

冒雪出操的学生队伍里有不甘掉队的女生

翠巾飘飘　雪花飘飘

老僧说经 立不化之舌为千年宝塔

风雪弥北门

关门见门

僧人求法如雪花舍身入海

海藏寺寺藏宝卷如拥千树万树梨花

弹不去的青云在夫人台的琴弦上

琴心切切 我心切切

吹开梨花的北风掠地而过

风雪破南门

天梯悬冰 天梯不可登

佛在冰冷的石窟里燃灯扪虱

何以扪虱自责 何以自渡

大雪覆盖的垄亩中有我先人的坟茔

睡梦渺渺 我心渺渺

葡萄架下

南有樛木，葛藟萦之。

——《周南·樛木》

一嘟噜一嘟噜的葡萄挂在

葡萄架下

下雨的日子

一阵风吹来

碧叶萋萋

水珠纷纷坠落

如一个年轻身影扯起袖口

擦一把额头的汗水

葡萄籽在每一粒圆熟的葡萄中

如胎儿闭着眼睛偷听

雨水滴沥

鸽子嘀嘀咕咕

麦草和泥土混合着炊烟的味道

渐渐飘散开来

葡萄的枝蔓爬向廊檐

一只公鸡独立在东窗下

大红肉冠像雨中火焰

不远处是饮牲口的石槽

粗砺而稳重

祖母母亲和婶娘

从农田中收工回来了

她们似乎从来没有离开过这里

没有离开凉州塔尔湾一个久远的家族

母亲黑油油的辫子垂过双肩

而我们，众多姊妹

或才出生，或正在胎中

碧叶蓁蓁

葡萄枝蔓荡悠的触须

如嫩绿的时光

再次把福禄引向过去和未来

河西雪野

一座即将安装完成的高压输电塔上
有人在空中作业
还有几个忙碌的身影，戴着棉帽
在高高的塔下，从一辆停在附近的卡车上
运送材料

村庄如新雪覆盖的劈柴垛
实诚而轻盈
炊烟生动，散入旭日
距霍去病鞭指过的烽燧抱守的残梦
已相去遥远。群山逶迤
一支在雪中摸索的队伍
离开村庄，向着星星峡缓慢行进

流霜烁银
在输电塔排列向地平线的旷野
光伏发电板如无数甲胄之士组成对空方阵

硅晶的鳞甲收服眦眦的日光

一只喜鹊
从高速公路上方飞鸣而过
积雪和白杨的村庄，有她的表亲

途经张掖

池塘清碧

几只野鸭在水上漫游

树影，随正午的日光

在水底刺绣着丝绸的图案

几只毛茸茸的小野狗在枯黄的草地戏耍

人语迫近

它们快速藏身于一座板桥之下

那水晶般天真无邪的眼睛留在何人心中

积雪点点

干净新鲜

蓝天下

一株光秃秃的白杨托着鹊巢

如途经黑水国的唐僧

向一只上岸抖翅的野鸭

小心问讯

气温骤降的夜晚

北地。一座急剧失温的人工湖上
烟水蒸腾
一双急于摆脱冰的围困的手
升入天空，抓取一把铜质的长勺

如果此时
雪月流霰
从湖心小岛传来野鸭切切的叫声
如烛火穿过黑暗的门廊
我们便能从深陷的噩梦中得到拯救

甘州，雨后的湖

深夜喧响到天明
高濑在远处
更远，依次是绿色中隐约的楼顶
长云垂顾的雪山

一座湖
湖面孤单的野鸭
孤单如一只鞋子
醒来时找不见另外的一只

水生芦苇
新疆杨吸饱了幽暗的水分
纯银的立柱支撑着寂静的天宇
云间垂下的虹桥
于滴滴晨露中
渡引着消失于西窗夜雨中的人事

如果此时
有一对鸟儿
在青铜的枝柯间跳跃顾盼
它们可是私奔的男女
从单于阏氏的年代到现代再到未来交颈而鸣
新的建筑于水中完成

芦水湾

芦水湾，芦水湾
细浪拍打着湖岸

夜雨和芦根相互诉苦
雪山是自闭症的孤儿
隐身大野悲喜自渡
灯光编织着流火的麦秸
百脉根的花在暗中开放
我血液中纯金的金币谁还稀罕
我歌声中的涟漪只有云杉愿意仔细分辨

芦水湾，芦水湾
我有一所面朝湖山的空房子
和一个等待开垦的菜圃
谁肯来此与我虚度光阴
在每一个早起的清晨
喜见旭日
把金色的小锄头分发给悠哉的凫禽

嘉峪关下

——赠长瑜王强兼酬进平兄

黄昏时我们一起去戈壁滩上
南望雪山
让凉爽的夏风鼓满衣裳

在我们身后
雪山与黑山遥相拱卫的关城渐渐沉黑
高速公路上东来西去的车辆闪着灯光
呼应着在天上奔跑的新星

想当年
林则徐霜发苍苍远戍伊犁
自雄关向西
马车摇晃的大轱辘追随落日
碾压着萧萧风声和遍地啸叫的砾石
寸寸艰难
摸索着心灵与祖国的边疆

如今关头一望

白色的三叶树列阵到天边

借瀚海风力

巨大的叶轮昼夜不停把光明输送到四方

输送到雄关下不夜的新城

——在那呼蚕水导引盘空的钢铁虬枝

撒播丝路花雨的梦幻之地

十九座新湖虹桥勾连灯影和星辉金光荡漾

有红柳烤肉美酒长歌还有我们的今盟前约

短衣轻便他年还来河西

指点明月

照彻祁连雪

注：呼蚕水，即今讨赖河，属黑河水系，为嘉峪关市唯一的
地表水，古文献中称谓"呼蚕水"。

过河西遥望雪山而歌

世间的人啊

杏花的香雪还没有闹够

李广杏就青了就黄了

如果黄尘就是黄发

遥望雪山的人怎会内心伤悲

雪崩倒涌

碧空堆满了无尽的丝绸

去敦煌

李广杏熟的时候去敦煌吧

鸣沙山的沙粒集体鸣响着
为圆寂的落日念经祈祷时
赶到月牙泉
饮一饮陪你走过黑戈壁的骆驼吧
它的脚掌都快被一路滚烫的砾石烙熟了

泉水中招摇的七星草
在铁背鱼和铁背弓之间
有一盏荧荧青灯
疼爱你

疼爱百代过客翻动经卷的手指
如善愿

经望河亭有所思

河水浑浊湍急
贴水低飞的燕子呀
哪里还有贴着耳朵说话的人儿

雁滩一夜雨
青芦多少倒伏
草地积水往洼陷处流注
泠泠的声音清凉如针剂

何必太息
当上望河亭放眼一望
汉使张骞凿通西域的背影犹在道上
执着跋涉
——是真男子

肃南

——赠阳飏、孙江

山坡上的白桦树

尧熬尔人的兄弟姊妹

在长发披肩的歌手铁穆尔的率领下

把用山泉水煮滚一腔肥羊的热情

和留醉白云的歌声献给远客

二十三年过去

奔腾的隆畅河

翠绿的水纹依旧活泼

用微笑的韵律触动着我的心思

我还是当年醉卧林间磐石

招手雪峰近前陪话的那个鲁莽青年么

铁穆尔

你的老根在雪峰之下云雾深处

那里是百草和狼毒花世世代代争夺地盘的皇城大草原

那里的鹰翅在春天里弑杀浑身长刺的落日
炊烟多情世袭美人弯曲的腰肢
那里的牦牛在狼嚎下霜的夜里摆成阵势站着睡觉
今来不遇
我多想去那里和你相逢
盘腿坐在草地上听你端起海碗眯着眼睛忘情长歌
让明月加入
再醉一场

五黄六月剪羊毛
铁穆尔
县城里正好有一支医疗队要上草原巡诊
逐帐访问
他们能遇见你吗

我想捎去我的感念和问候
还有珍珠杏一样小小的祝福

杏树谣

雪山戴银冠
三月穿轻衫

耕牛牴破天蓝
天上水滴
是布谷鸟撒播的消息
布谷，布谷
蚂蚁是土生的钻石

杏花笑盈盈
老枝依寒门
白加净
夺了青云的魂

五月烧青粮
七月杏儿黄
月夜睡到屋顶的人

果实垂弯的青枝
弯向眉骨

雪山皓皓
寒门渺渺
星眼在觊觎
绿火闪耀

黄金贵有仁
红云苦无价
一曲乡俚酸又甜
杂木河水清且长

井水谣

厚厚的草木灰垫在了栏圈

眼神温柔的花母牛

回头舔舐着一边拱奶一边嬉闹的牛犊

炊烟和柴草味儿熏醉的黄昏

鸽子在屋檐下嘀咕

像盲人摸索三弦的手指

西风吹

石碾推

猫儿念经

白面粘嘴

穿过白杨树伫候的土巷道

谁家的孩子脸蛋红扑扑

笨手笨脚抬着井水晃荡的木桶

把甘洌的金星抬进家门

村口水井

是祁连山下马的眼睛

在冰雪当中几多热情

几许幽幽

挖土豆谣

等新麦归仓后再去挖土豆吧
让南风尽情吹拂
让太阳把更多的热力和糖分
通过覆盖地垄的绿蔓输送给它们
让它们在暗中再长得壮实一些

等秋分后再去挖土豆吧
白露纷繁
提秧则散
滚落田野的土豆个个大过吃饭的碗

我们如此地欢喜
有人在月亮姗姗来迟的傍晚
迫不及待用土块就地垒起了窑灶

我们把铁锹都放在了一旁
兴奋地搓着双手

让烧红窑垒的火光照着泥与汗的脸
土豆烤熟的香味开始四处乱窜

边地蓝莹莹的胡麻花
秋天鸟儿的眼睛
也和我们一起沉醉了啊

红玛瑙之歌

是在大漠边缘的一个小镇

我意外得到了这一串待价而沽的红玛瑙

未经雕琢的珠玑

是日月与风雨共同孕育的胚胎

是火与血的姻缘的剪影

是被奇异的想象搜尽瀚海

串联在了一起的温润的词语

执子之手

唯有沾染了马兰草幽香的素手

才堪佩戴这一串光彩内敛的红玛瑙？

曼德拉群山

一峰骆驼踱出黑色玄武岩

反刍着瞌睡的星星

琵琶

凉州故地

葡萄美酒和星辉交相流溢的夜晚

琵琶声起

胡语阵阵，自空际传来

轻云微醺

黄羊在红柳的古滩头侧耳凝立

红氍毹上

胡腾儿双靴腾挪鹞身起落

邀月却月，珠帽偏斜

劲健的生命为何只是一阵旋风

飞扬的眉毛和多情的眸子

为何只在一阵旋风远遁的漩涡里

灵光一现呵

千载遗憾

只留下了琵琶的余响

岂只留下了余响

琵琶倾诉的弦音和拱形的琴房

难道不正是雄强与柔美的灵魂永世的寄托

为流沙掩埋的只是驼铃的坠简

只是胡商一线驼队的背影

消失进半轮落日

善会翻新的琵琶

今夜单为一列飞驰穿越欧亚大陆的机车伴奏

反弹琵琶的飞天细眉凤目

正在云中舞动长带飘垂的腰肢

黑河湿地

罢钓避让在春天产卵的鲫鱼
蜻蜓飞临稻田
纱翅透明如酒，如款款小令
使雪山倾倒

在这白天鹅打个转身就不愿离开的地方
鹿的踪影如舟楫在无边青芦中出没
那敏捷如流火的族群
温柔似鹿茸的曙霞和傍晚的炊烟
它们几时收到了这一方沃土的邀约
也从深山险处迁徙而来
和市镇边缘的移民新村比邻而居
呦呦而歌

我想折一枝芦管
为白波雪意寄情深远的黑河伴奏
过了春夏

秋声吹老了芦花

芦花多酸楚

酸楚又欢喜

这短暂的一世

终将迎来大雪纷飞的日子

终将和冷龙守护的雪山白头偕老

一张老照片

父亲和母亲并排坐在前面
父亲中山装上衣口袋上别着一只钢笔
母亲烫了发，右手自然地搭在左手上
我们姊妹四个笔挺地站在背后
穿着过年的新衣，背景是
晴空下的楼房，花木掩映
——照相馆布景就跟真的一样

四十年多前
他俩比现在的我们都还年轻
笑容灿烂
大姐知青进城已在铁路上班
二姐刚招工，我和弟弟还在念书
无忧无虑

照相馆那座二层的小楼
位于西街十字路口西南角

百年前是凉州的青楼，铺着
厚厚的木地板，红漆斑驳
来照相的人不惯鞋声橐橐
都蹑手蹑脚
……

后来高楼大厦雨后春笋般崛起
那春花秋月的小楼
何时被新的建筑取代，不知其详
我只珍藏着在那儿幸福一刻的留影

可母亲只在发黄的照片里
她没能看到我孩子的孩子
年已四岁

第三辑

雪上马行

巴丹吉林：酒杯或银子的烛台

一粒沙呻吟

十万粒围着诵经

　　　　　——摘自《敦煌幻境》

一　巴丹湖

水拍动天鹅的翅膀时

我像个翻过了黑夜的少年

被你用调皮的小镜子

晃着眼睛

来自孩提时的光芒

让我

有着怎样的涟漪

怎样的情不自禁的爱啊

天鹅

用蓝色的翅膀把我抬高到

你的位置

二 歌

我比沙子粗笨些

我比苏敏吉林海子里的鱼儿慢些

天空的蓝证明

我渴望着接近乌兰时

鸟翅倾斜

太阳的黄铜经轮咿呀旋转

咿呀——

白云进入海子

乌兰的歌

飘进大地的窗户

三 祝酒歌

羊的肩胛骨一样干净的草原

有一碗酒为朋友捧起

羊的肩胛骨一样大小的草原

有一条路通往阿拉善右旗

喝了这碗酒

好汉子

无论什么时候

请来草原做客

蒙古人的心

是大地上最后的房子

铺着星光的地毯

四 仪式：诺尔图·金色沙丘

落日

仿佛一滴老泪

渗进苍茫

蜥蜴引导

有条路

远离诺尔图

荒野里的沙丘

由坐而立的僧侣

他们齐声的念诵

转移这个世界

富余的金色

母亲手里
捏有一点
散碎的金子

可
那条路
不买梦

蜥蜴引导
那条路
寒星
也不照耀

五 诺尔图

酒碗中的冰糖
羊圈里的月亮

一只牧羊犬
头趴在两只前爪中间
把群星带进了睡眠

我

像个孤儿

绕过梦的海子

走向不可知的远方

那里或许有熏衣草

或许也没有

母亲的消息

六 歌

有一群骆驼的骨头埋在黄沙下面

就有一个牧人从早到晚走在天空

云一样孤单

云一样凉的头发

云一样要散开了的身子呀

六十六个海子泛起涟漪

六十六个海子里鱼儿静静

如鲠在喉

魂兮——归来

月亮

端着银子的烛台

一面照着，一面呼唤

七 副歌

狐狸的半个身子钻进一只瓜里的时候
豢猪在干什么呢
我在乌兰的毡房外面咳嗽了两声的时候
月亮打着手电
又跟我在沙窝子里瞎转什么呢

八 九棵树

阿拉善右旗名叫九棵树的地方
为什么只有八棵树

成吉思汗的苏鲁锭长枪
树在每个蒙古人心里

吹硬了蒙古人骨头的风知道
这个地方就叫九棵树

第九棵树下
有一匹看不见的战马前蹄刨地
然后，抖了抖鬃毛
扬起头来，怔忡地望着地平线尽头

它的眼神诉说着蒙古族男人的忧郁
它告诉你这个地方就叫九棵树
它望断的地方就叫九棵树

九 结语

来自没有空气的地方
蜥蜴那么敏捷，扬扬尾巴
仿佛举着亡母给我的书信

太阳的睫毛闪着火花
那蜥蜴
大沙漠里最小的越野吉普
突然蹿得无影无踪

我是它扬起的后尘
尘土回到尘土
我还是我母亲的儿子
我还在寂静的怀抱里

阿拉善颂歌

到处是成吉思汗的画像

毡帽　三绺短髯　细长的眼睛

日上三竿　在阿拉善右旗大街的一家商铺里

他出现在砖茶奶酪烈酒的商标上　不怒自威

或许，我们看到的只是表象　此刻他正在

一个或者无数个蒙古人的血液中宿酒未醒

风干的骆驼肉　老鹰眼中狂奔的黄羊

或许有些饿了　梦中磨牙　在玻璃上磨花

或许只要小便　到处跑　到处找不到背风的地方

天空是蓝色的圣湖　沙漠的一百四十四个海子里

母亲在微笑　不敢亵渎不敢对之撒尿　水火神圣

在《大扎撒令》里　在每个蒙古人的头脑当中

包括火的余烬　包括天边消隐的那颗最小的星

——幼子守灶的烛火　戒急用忍　他早已忍不住

从我的知识和经验中跑出来　骂骂咧咧

跑向街角一堵写着"拆"字的矮墙

寒风掠后颈　他缓缓转过身来

短髯无存　三角眼睡眼惺忪但且依旧细长

牙齿洁白　蒙古汉子

黑红脸膛上露出比一个帝国的可汗更满足的笑容

曼德拉山岩画

它们为什么不分开
为什么不从曼德拉陡峭的山顶
循原路返回

陷入时间的岩层
两只交媾的北山羊
心肠变成了铁石吗

它们难道不是布仁孟和丢失的羊儿
难道不知道四处寻找的主人连日焦渴吗

有三口井的地方
乌鸦的眼睛里
不见了一群羊的踪影
不见了一跃　跃到母羊背上的
一对纯金的犄角，原来是
跃上了曼德拉残雪布棋的山顶

有三口井的地方

叫柯仁努都

太阳的小红果在清晨成熟

白色的三叶树以风中旋转的叶轮积蓄着光明

而布仁孟和　他还要骑上摩托车从家出发

再去地平线以远　寻找他走失的羊儿

巴丹吉林镇

这些成排成排蹲在电线上的麻雀

落日在它们的眼里

会是一粒炒米会是一颗红玛瑙

会是幼子守灶的火种吗

打造一口红漆描金的箱子

画上喜鹊登枝锁配黄铜如意

哑木匠，他低头拉锯举目认亲

认你是他的前世认我是他的来生

今夜，愿我们都有一个海子般纯净的好妹妹

愿我们一醉方休，马头琴让散落在

镇子外面的骆驼一起调头 回望家园

那些在大漠戈壁的骆驼

它们驮着沙丘走过很远很远的路程

它们慢慢反刍着夜晚的星斗和盐碱的苦涩

不像这些叽叽喳喳的麻雀

不像这些小诗人风一刮就一哄而散了

星星峡

正午时分。紫烟飘摇的峡谷上空
一只鹰
是天体运行源源不断的力量之源泉？

谁会作此诗人的痴想？
一只鹰是一只永不枯竭的黑色水箱
挂在中亚白热的天空　一动不动日行八万里

其下几间回族人开作餐馆的白色板房前
短暂经停的长途卡车轮胎发烫似乎在冒烟
一位浑身油腻的司机下来检查水箱查看货物
走进餐馆吃喝前他压根没抬头看天，从此
再往西去，火焰山已近在眼前

而一只鹰投射在戈壁的指甲盖大小的阴凉
绝非铁扇公主的芭蕉扇也无干哪个女人的好
好就是好　该吃就吃该喝就喝

武胜驿

风和白杨总有说不完的话
尤其夜晚

风不谈张骞玄奘
不谈林则徐西去伊犁也曾在此打尖
何谈你我，虽然那一年我们结伴西游
到此停云
把羊骨头啃得干干净净
把雪岭的星星喝成了三生也化不尽的冰糖

风吹过
鸟巢沉黑
同林鸟各自东西
白杨成柱
诺言成灰

只有风和白杨

仍说不完

冒着风雪
一辆长途客车从黑夜里崛起
到小镇上加油

乌鞘岭

一把宝剑被闪电之手抽出剑鞘
那是西去的机车呼啸着钻出了隧道
那是正午。一匹于山脊上啮草的白马
它静静的影子，一块毡毯铺展在
向阳的山坡

——谁可与我共此一坐？天风浩荡
谁可与我默享大自然此刻的静谧

金轮轧轧
自河西走廊东端险峰陡岭
一路滚动，滚向彤云红透的西天
——那依旧是霍去病的征车杀伐无阻的影子吗

金盏菊承露
我的脚边已是星星闪烁灯火闪烁

岔口驿外

青稞大麦加苍山寒日
当是带劲的马料
岔口驿走马横行天下
天下可有半个英雄三个竖子

岔口驿
锻打马掌和宝刀的遗址
与时闻狼嚎偶见野雉的打柴沟
一个树立着白漆黑字水泥站牌的车站
有几箭之遥呵

滴水成冰的时节
冒着浓白蒸汽的火车经停小站加水添煤
戴着棉帽检修的铁路工人
来回用金属的锤子问候车轮
暗夜里的星辰
又冻又甜的冰碴发出空旷的回音

东出潼关西向柳园

东方红的火车头长鸣一声奔赴远方

仿佛凉州词增添了铜琶铁板的蹄音

——依旧是雄风雷霆

古道绝唱

黑松驿

黑压压一片松树林

怪鸟啼叫

月光照见苍苔上的白露

苍老的迅速苍老

痛苦新鲜如初

有人中夜起坐

梦见一把刀

两只别扭的鞋子颜色各异

他想起童谣——

"一样一只鞋

死了没处埋"

梦里是险怪的去处

虚实难测

流水忘记流水的曲调

着急冒汗

古浪峡

在黄羊曾经活跃的胡关雁塞
土石齑粉灰白枯燥，从绝顶
一直铺陈到仅存水痕的河谷谷底

人非草木也生焦虑
后山炸雷
雷声断绝雨意
运载石灰矿石的三马子早晚黑烟突突左撞右冲
在峻岭危崖满天烟尘里盲目而不顾一切地
寻找一线生机一条出路

记忆中的古浪峡云色凝重
一位怀抱婴孩的母亲乘坐长途客车
正在穿越上个世纪某个硝烟飘荡的黄昏

一只巡弋的老鹰
一座满目疮痍的大山

唯母爱的怀抱才是青山？

青山如何不老？

唯婴儿睡梦里绽放的笑容才是流水？

水流不断

借一个瞎弦的三弦传唱——

出了峡口到家中

我家原在凉州城

罗什寺塔高入云

回望古浪返了青

马兰草上黄羊飞

注：瞎弦，又称瞎仙，武威方言，指会弹三弦说唱的民间盲艺人。

悬泉置

你看这一枚带钩

你看这一把梳篦

你看这一双麻鞋

你看这一只陶碗

你看这一只漆木耳杯这一方石砚

你看这些汉简上有头无脸伸胳膊抬腿的字儿

你看大麦小麦青稞谷子糜子豌豆大蒜胡桃的种子

马牙上和土粘连的苜蓿

你再看雪山星辰悬泉飞瀑

一枚五铢钱抬高的汗津津的旭日

你再看……你看一场沙尘暴来了

在敦煌和瓜州之间

一场沙尘暴来了

你看不清一名驿卒心里的绿韭菜

你看不清一个皇帝心里的刀枪剑戟

……是如此地惊怖
沙尘暴里有沙尘的暴君
绿韭菜的绿和梨花的白好像看不见
是看不见的，反叛的灯火

杂木河

雪水从祁连山中流出
一直往北
村庄，一座比一座荒凉

从前磨面的时节
似乎总在下雪
雪很大，衣服鞋子都很单薄
流水帮人
流水之上再不见
松木的磨房
马灯，在小小窗口里晃荡
黄昏亮到五更

杂木河
仿佛我母亲血管中久远的河流
她身患绝症的时候
想要去到山根河的上游

坐一坐看一看

今年夏天
母亲故去十二年了
我回到故乡找回杂木河上游
坐了一坐
看了一看

河里的水流很小
干旱
把祁连山的雪线又推到了新的高度
雪线以下，松林青黛
那里是香獐马鹿熊瞎子和蓝马鸡的家
细小的雪水四面八方从石头间生发
从云缝里生发，从我母亲
没有了一切的心里生发
然后，在我头脑中汇聚
浩浩大水流出山口
一直往北

往北
青畴万顷

在甘州茶楼听《汉宫秋月》

秋月

来和我说说话吧

一只蟋蟀

从古琴的弦上一蹦

蹦出茶楼

在大佛寺的木塔下喊着

在甘州一条小巷道里喊着

秋月

来和我说说话吧

在黑河两岸的野草丛中

在葵花垂着头

细细寻找的露水地里

一只蟋蟀

明明灭灭

而天空深若坟墓

秋月

被捐弃的团扇

会听见什么呢

餐风饮露的那只蟋蟀呀

它只让我离开了

子夜的茶楼

忽忽悠悠

只把我

喊进了它的身体

玉门关小立

冰草黄芦
大宛马和匈奴的黄骠马
都跑作了风中沙粒

仰天弯弓
哪还有一双掂量过
和田玉的粗糙的大手
颤栗星月

飞鸿压低翅膀
将口衔的芦管掷给我：

九万里风声倒无半点杀气
这个，你拿去玩吧

古城塔尔湾之陶

西夏的作坊
一个聋哑的陶匠
在坛子的胚胎上雕刻
粗枝大叶的牡丹

风吹叶动
那半完成的花朵知道
经过火烧后
坛子会被驮上马背
会使漂泊者
有所依赖

走再远的路
里面的水都睁着眼睛

公主的水
半夜清寒

牧羊女的水

白天滋润

就像他忙活了一天后

用从胚胎上剔除的多余的泥巴

捏成两只没有嘴巴的鸟儿

让它们相呼

相呼着

露宿于萤火自照的天下

题魏晋墓《驿使图》

腊月宰猪

犒赏汗土

春风不停脚步

簸箕在怀　麦种撒开

女人不停撒播的手臂

已共春枝摇摆　春水弯曲

扶犁须直

他瞟见驿道上木牍高举

流星一骑

向西，向西——

武威郡　张掖郡

酒泉郡　敦煌郡

更西如梦　一灯如豆

如是红豆

隐身风雨之旷野

飞驿无嘴

疾风化去

疾风化入奔腾的四蹄

只一团火焰

从一千六百多年前飞滚而来

一团火焰

耕夫不知　谁知

谁有长安的消息

生死传递

飞驿无嘴

马的汗血　化作火焰飞滚

谁从天空

向你梦里　飞滚而去

绝尘而往

曼德拉山

——题阿拉善右旗曼德拉山岩画

巫者

击石取火

取出展开双翅的鹰

鹰翅下奔命的羊

取出不慌不忙交配的北山羊

一前一后攀援绝壁的盘羊

取出等候黄羊青羊白唇鹿梅花鹿的陷阱

取出那隐秘的陷阱收获前的阵阵窃喜如天边轻雷

击石之声正如内心滚动的轻雷

要从闪电中

取出虎与羊会面的一瞬羊的不知所措

要从那荒山野岭最大的一尊黑石头中

取出野牦牛的蛮力和它雄视荒野时高扬的尾巴

取出万物各自的命运和你们的机会吧

长生天的子民

你们击石取火

取出饥饿的弓箭奔跑的野马群

取出骆驼和驼峰间摇晃的太阳

取出帐篷取出井

取出女人歌舞

酒和人世的悲欢

而曼德拉群峰上列阵如星斗的玄武石

它们未被击取的空白还有着取之不尽的宝藏和潜力

它们等待了几万年，是在等待一个诗人的造访

等待他搜尽群峰找到巨石上一朵善于变化的火焰

如找到玄牝之门，如掌握通灵密咒

骑马者

人的坐骑

飞奔的影子

在太阳之上

不饥不渴

所向无黑夜

北山羊

北山

山更北

更厉害的夹子

是另一只北山羊

更温柔的陷阱是它

绝壁峭岭之上深情的叫唤

陷阱

旷日持久的绝望

使它转而去望山间的野花

红的黄的蓝的

那些细碎之美的光芒

收敛进它的视野

它浑然不觉

正是那盈盈的光芒

把野兽的蹄足永远挡在了本心之外

逝者

骑马的人慢些

走过的北山羊慢些

慢些从逝者身旁经过

他的身体已经和大地平行

已经和老鹰的翅膀一样平行

老鹰快些

快来将他带走

让他的灵魂

和天空齐平

弓箭手

要挽太阳的高弓

要射兽走的火球

要放过鹿羔吮奶的母亲

难产而死的母驼

遗留的驼羔

要用羊奶喂大

帐房前后养老送终

箭头夜鸣

青铜吼

豹皮箭壶悬帐中

套羊

羊呵

度过了春乏时进入我的圈套吧

膘肥体壮时进入我的圈套吧

雄性的犄角撞退情敌

交配过七十二次后再进入我的圈套吧

年老体弱走投无路再进入我的圈套吧

羊呵羊呵

绕过了今天

绕过了明天

后天一定要来呵

快点来进入我的套圈吧

打坐者

坐太久了

晃晃左右肩膀

伸伸腿吧

让夏日当午

趴在你藏身趺坐的那块大石头上晒太阳的蜥蜴

感觉到寂静的胎动

帐篷

黄铜马勺

流星带去西山

西山有泉

你怎知那落叶的泉水

有乌日图道忧伤的味道

你怎知山前留一顶孤帐篷

大雪下埋一根锁阳

它不是我的搅奶杵

它不是我的拴马桩

注：乌日图道，即蒙古长调，意即长歌，其旋律悠长舒缓，意境开阔，带给人一种追求心灵的美好体验。

鹰

东方未明

鹰的翅膀

把地狱的门打开了

黄鼠狼在洞口

用一把小刀

在遗弃的羊骨上刻着毒咒

东方即白

鹰的翅膀

把天堂的门打开了

丹霞的峰峦散开骆驼

在荒凉戈壁的腹地

一辆探险的越野吉普在颠簸中挺进

咤明石

西夏大马

横行天下

党项人席卷过的戈壁

落日圆寂

只有风

只有大小横吹坝箎笮篥

尤在呜呜吹奏

一二三四五

咤明不见你

舞者

羊的奶水星星一样稠呀
红玛瑙的沁色
不及今年奶皮的油厚

胡腾儿
大地驼皮鼓
击鼓的双脚已经忘情
已经忘了阿拉善的哪一颗星星是羊圈的豁口

大雪还没封山
封山也不封苍狼之口

盘羊快

扯它后腿的影子
重似铁石
也扯不住了啊
盘羊飞快
要飞出它身体

盘羊啊
我脚踩日月也撵不上它了
双手风火轮也撵不上它了

在我牙齿掉光之前
哪里有盘羊撂开死亡
安放雪地的那一对弯弯粗壮的犄角呢

栅栏

雪花飘飘的草场上
来一只乌鸦
跳一跳

一跳一跳
端她银碗
端上栅栏
端进你心里

她银碗里有热滚的羊奶
香气四溢
她两排肋巴不能够禁止
你肋巴两排也禁止不住

来一场雪
黄昏白瞎了
栅栏白瞎了

塔

要托塔走走

四处走走

塔里的舍利不多了

要分给骑马寻亲的人一粒

要分给修造车轮的人一粒

要分给打猎祭日的人一粒

要分给九次放过乳头显露的母兽的猎人一粒

塔里的舍利不多了

要转动塔身

八面粘上阳光

玛瑙风铃

红又脆

山歌

山之阳

道阻且长

骑马追风

跨鹿打雁

野骆驼

红柳的沙丘连夜搬走了
羚羊惊
把沙葱的细腰登时掠飞了

山之阳
道阻且跻
骑马跨鹿
有说有笑

吐蕃人中有商量
前尘往事无你我

山之阴
道阻且右
南雁北归
冬春并辔

你我左右
要同行三日
左右为你
我要大醉一场

展开歌喉
流水穿沙穿透我心

铺开围巾
白雪清白清到野坡

白马歌

红柳夜里很柔
夜里去找她吧

流沙暗合
合她脚下
最红的红柳在苏亥赛
最硬的石头在曼德拉

红柳摇曳
白马入夜
最快的马在心里
最忧伤的歌在蒙古

红柳摇曳
和她着火
死亡在前面望着你
苦难在后面跟着你

红柳超度

白马无迹

白天等不到夜里

白天去找她吧

无题

别转过身去

别扭过头去

我要对你说

我们还年轻

我们的腰自是那

捕获星星和黄羊的秘密陷阱

我要对你说

躺下互为道路

行走互为佑护

收获

每一日

每一时

悬崖顶上的白马

悬崖顶上的白马

天亮的时候

它看见了夏拉木

它看见希博图岩缝里的青草了

它看得那么专心那么远

都听不见崖下我们难过地说话了

我们说昨夜难产

一只不到两岁的小狗儿羊水破了

头胎憋死二胎嘴巴粘连也救活不了

活下的两只母崽头几天要靠羊奶喂养

我们如此难过

说助产巫士用烧红过的针把剖开的母腹缝合了

神佛保佑

让九死一生的母亲恢复元气奶水充盈吧

让她回头舔舐拱奶的幼崽

让那两个毛茸茸的小家伙尽早睁开眼睛

跟她到阳光地里尽情玩耍

我们从半夜说到天亮

我们是一个男人和两个女人

或者是两个女人和一个爱护一切的男人

我们头顶的悬崖上有一匹白马

它已经肋生双翅飞去夏拉木了

它已经把我们的话不当话了

雪灾

大雪紧急
四面有马蹄迫近

四面铁石
一只飞逃失路的羚羊
细长的腿倏然
成倍增长
犄角化作摩云金翅

鸣骹千尺
胡儿眼中箭
仅迟半步
飞影消失
云头按落大雪

纷纷不停
阴山下
三个满头白发的胡人
雪水煮着皮绳

生皮缰绳

留下狼的牙印

金色斑点

塞外苦寒

阳光把金色的斑点打在

黑色玄武岩上

阳光说，给你们骆驼

给你们寒夜里驼粪火幽蓝的火苗

和它逼退野兽的芒硝的气味

阳光说，给你们明天的盐巴和风干肉

给你们路上的尘土

和戈壁尽头的海子

给你们绿透的芦苇

和大漠深处一座小小寺庙

给你们一碗庙里的清水映照面目

给你们惭愧

给你们安慰

给你们能给的一切

阳光说，你们骑着光裸的马儿
走过了崎岖艰难的路程
看到了最美的星星
你们要记住可爱男人的眼睛
你们要珍藏可爱女人的青丝

你们啊
你们是七八百年前翻越唐蕃古道来到曼德拉山顶的
一群风尘仆仆的游牧者，我在你们中间
替你们说话替太阳和我自己说话

我说：
太阳的登山运动每天都是新的开始
鹰唳长空
给突围的野羊以流火的速度热血的动力
以地平线抢前迎接的变化和庄重的仪式

我说：
阳光把金色的斑点打在
黑色玄武岩上
我要把更美好的诗篇写给你写满大地

车轮

那行进的车轮一直在朝着太阳行进
它在戈壁瀚海轧轧碾动着，与铁石对话
惊骇的野马群甩动长鬃带领远山奋力逃逸

金色的车轮滚滚不息
苍狼狐狸盘羊赤鹿，那因一瞥而飞溅的浪花
正如太阳的光斑光怪陆离
美啊金色的车轮滚滚不息

夜晚到来，太阳也要小憩
驱使者检修跋涉的车轮
用星星的铁钉钉补牢固
月光的润滑剂
给发烫的轮轴添够加足

此刻，那完满的车轮是他露宿的营垒
此刻，在他没有深浅的梦里
那摈弃了一切偏见和干扰的金色车轮
已经上路，继续朝着太阳轧轧行进

日记：额日布盖大峡谷

我们说起一个人的日记
"修辞立其诚"
流水的修辞都愿多穿越几条峡谷
流水都愿流得活泼流得长远

在额日布盖大峡谷
在绝壁峭岩上啃食的山羊从不小视谷底的人
翅膀平展的鹰怎能够平衡世俗中受伤的心灵

额尔额木
阳光汹涌
阳光快速把你我冲出峡口冲散回各自的生活
在别处

布布手印岩画

一

说话是手按着胸口说的
说过的话印在岩石上了

二

祈求长生天的时候酒碗举过头顶
举过的酒
把手影浇在岩石上
浇灌出花朵

三

折断野牛角的手
攀援峭岩的手

搭帐篷的手

修车轮的手

翻开眼皮为你取走一粒沙子的手

手中遇暖的手

奶皮一样细的手

锁阳一样锁逃的手

在雅布赖弄疼了谁的手的手

在心里擦了又擦的手

翻动经卷的手

天生没有无名指而无名忧伤的手

——的手

——摁进岩石

确认原始的血亲

——的手

围绕着圣主成吉思汗亲手拧马鞭的手

那号令投鞭断流的手

张开白天的空虚黑夜的空虚

和我词语间寥落的星辰

反弹琵琶：敦煌幻境

一

落日一碗酒
沙岭之上。席地而坐
我得听我影子口干舌燥地劝说——

干了吧
趁血犹热酒尚温趁尚未风吹
沙平，有那可怜小虫儿留下的
一行歪斜的足迹——可以下酒
咀嚼——如你写过的诗句——
时间到了，她荤腥的线索
尽被星星收藏若无其事

干
落日一碗酒

晃出的　不是丝路花雨天花乱坠确乎是我
西天取经路上摆脱诸般困厄后的那一腔热血
两股清泪

二

月牙泉
这里是我解剑饮马的地方吗

一群鱼儿乘黑把一张铁背弓抬到天上
一群鱼儿从此变成弹琴的手指

一群鱼儿知道
我把自己的和向我射箭的
人的眼睛都变成这一牙清泉汩汩的泉眼了

三

垂目遐想的菩萨
借我你腰间的丝绦一用
我不会拿它将沙漠里的两棵旱柳捆绑成夫妻
自玉门关乌有的城墙上一寸寸垂放下去
我要吊西域半个月亮上来
吊一块羊脂玉上来
吊她上来

我是玉门关的总兵

我是横渡霜天的那只孤雁

此刻，我就把她吊在我嗓子眼上

菩萨啊，我凄切的声音

是你的是火的也是她的魂牵梦绕的丝绦呀

四

请到一颗被太阳的酒浆鼓胀的葡萄里找我

请到吸收消化黑暗的棉花地里找我

请别说风轻云淡什么的话

请到莫高窟的一座洞窟里找我

我不是护经者

亦不是那个眉毛低垂内心喜悦的供养者

请到一幅唐朝青绿山水的壁画里找我

请到生死轮回因果报应的善恶世界里找我

请跟着松风找我，随着流水明月念我

请在一头九色鹿凝睇看人的眼睛里看我

——大男子，你要尽善尽美顶天立地

五

常书鸿——
众多沙岭拱起的金色巅峰上
一副边框纯黑的眼镜
被风沙磨损的镜片带着冰纹。

段文杰——
戈壁中一辆载着落日的颠簸的卡车
反方向行驶
驶向佛光无量的白昼

樊锦诗——
白菊开在通往莫高窟洞窟的蜈蚣梯上
菊生露，露映霞
远天有鹰

敦煌——
一座由常书鸿段文杰樊锦诗担任名誉校长的弘文大学堂里
儿童如千佛集合正出早操，咚咚的脚步声
在白霜覆盖大地的清早咚咚咚咚
……由远而近由近而远

第四辑

云间如意

凉州金河镇：四棵梨树

你信吗

有一只浑身煤油的老鼠被点燃

还在四棵梨树的年轮里疯狂转圈奔跑

你信吗

晕头转向的火鼠从 1976 年呼啸的北风里

盘旋直上，一头扎进了群星

在梨花盛开的春风里涅槃重生

有喝醉了春酒的人被众手抬回家去

梨树下经过，如过年的锣鼓热热闹闹

梨花鲜嫩，像小学课本里的生字

母亲年轻的侧影是晨光最美的导师

在公社校园里，在四棵香雪绽晴的梨树下

梨花几度，如今

见过的人
有多少已谢世经年

谢世的人都在四棵梨树的年轮里打坐
都已闭门谢客
你信吗
故地重游，我也被谢绝

风吹树叶
冰冷的声音念念有词：不认识

凉州南城楼下

南望祁连，匈奴的天地
皑皑积雪，被日月
翻译成青黛的松色和鹰的语言

鹰唳如号令
如穿透岩石的松根与闪电
在杂木河的上游分派支流
一对对巡逻春天的雪浪轻骑
从月夜，或清晨肃肃出发

雪拥青麦，浪入贤孝
青麦地里埋着我祖先的骨殖
深情岂可言说，三春岂能报答
南城楼下，一把三弦仍在诉说着
《白鹦哥盗桃》的故事

倾听的杏花从黑铁的枝条中

纷纷跑了出来像放学的孩童
像时间又退回到了年少

祖母和母亲还在等我
回家吃饭

注：凉州贤孝，是主要流行于以凉州区为中心的武威地区的一种古老的说唱艺术，多以三弦伴奏，《白鹦哥盗桃》是凉州贤孝的传统保留节目，宣扬孝道。

宁昌河谷的谈话

五月。山外杏花才开
山中草木犹黄
山头积雪岭上白云
但有远近不分亲疏

河谷里涧水淙淙
穿行于乱石之中冰板之下
野桥数处在暖阳里等待什么

请跟我来吧，铁穆尔
带着你的乌兰和爱犬
从夏日塔拉草原赶来
来到这松林驻守的河谷
与我们共度美好的一天

散放的高山细毛羊
染着花花绿绿的颜色

如同带着尧熬尔人的姓氏

远离牧户的棚舍

在山野里啃食黄金的草芽

一只受惊的母羊紧跑几步

在野桥旁侧，一边护着吃奶的羔子

一边朝我们回眸

而那惯于在悬崖峭壁俯瞰和沉思的岩羊

未曾出现，只有从雪山陡岭失足的黑熊

在你惋惜的话语里闪过

大雪的日子总是艰难的日子

大雪染白了多少人的须发

大雪掩藏了多少憨憨的骨肉

你说，你已经拉了几卡车的松木

劈成烧柴，码放在夏日塔拉草原的家中

草原也如同此地，也如同九条岭上

七月八月花始盛开

你家中壁炉从秋天一直要烧到立夏

夏天，星星在草原深处集会亲如兄弟

夏天的夜里，壁炉里的火也要烧旺

朋友去了，有酥油奶茶

宰牛煮羊，九月十月，连蘑菇都肥了

你小小的爱犬，时而跑在我们前面

时而在你怀抱里，眨动着水墨的眼睛
听我们说说话话，往河谷深处走去

褐色的松果已经风干
落在松下，又轻又空如大千一梦
其中的籽实或被一阵风带走
或沉入泥土
仿佛语言
阳光的种子

西行·有所思

胡腾儿，胡腾儿
那跳着胡腾舞卷起一阵旋风的大红靴子
那地平线的刀刃上踢踏不已的
落日

——我想，坐在戈壁骆驼蓬上
观赏的可汗们
他们一个个如痴如醉的脸上
沙是汗……
沙是汗，星难道不是吗

遗憾我们没有陷入流沙和群星的旅行车
像是在自己意识深处认真摸索过一阵的手
急切……但毕竟感触不深

雌鹿

她慢慢地走过来
隔着栅栏
打量我

我头上没有树枝般
分叉的角
我朝她伸出手掌
又紧忙缩回

我的手指不会
新生出鲜嫩的树叶
但我怕痒
怕她的信任和
亲热

鼻息潮热
她灵巧的舌头

几乎就要舔食到

我手掌心里

阳光的晶盐了

我的退缩

让她困惑

她眼眸中的黑水晶

黑得如同代数的方程式里的 X

X 怎知 Y 的变数

X 是孤独的

栅栏是孤独的

遥远的中学时代，西郊公园里

风吹树叶，沙沙作响

仰起瘦削的脸

她慢慢走了过去

移动的悬崖

消失进树丛

喜雪

飞鹰折翅

雪峰刀头不可飞渡

松树集中在半山腰里

庇护獐鹿雉鸡

纷纷大雪

路上行人已绝

榆树黑瘦的影子

主宰平野

那时

老鸹寒号

石头冻馁

纷纷暮雪

天下都黑透了

一苗灯火

三更跳起

仿佛迎接春神

大雪之夜
我爷爷从山里回来了
一瘸一拐，雪眉入户
他走私捎来了青海的大颗粒晶盐
还有青稞面糌粑，香甜的味儿
沁出冰碴

黄昏谣

小布谷，小布谷
水银泻进了麦地

炊烟温暖
河水忧伤

和村庄隔河相望的坟墓
离过去很近离我不远

黄昏，黄昏是
被白天砍掉了旁枝的
白杨，头戴一颗明星
站在乡间的土路上

水银泻进了麦地
小布谷，小布谷
收起你的声音

请死去的人用磷点灯
让活着的
用血熬油

瓜州谣

一

把灌进左耳的冷言恶语
导出右耳
化作鲜花无数
榆林窟的佛啊
我能像你一样吗

二

一道闪电里
有刘郎和霍嫖姚
对饮谈笑的影子

贴地谛听的耳朵
隐隐的马蹄声
传檄千里

颤栗边草

锁阳冒头
武威已定
滚雷过境
酒泉倒酒
瓜州红柳红
匈奴遁无踪

凉州词

我们还会去天梯山开凿石窟
塑造庇佑我们的佛祖吗

在梦里
我们又在大佛的脚背上坐下来
慢慢喝口热茶嚼口干馍
一朵云跟一只蚂蚁比赛慢走呢

一只蚂蚁
在一头不停反刍的耕牛的眼里
许是风度翩翩的字儿

二月开春，三月播种
有文化的蜜蜂都操花的心
在丝绸之路上忙着传递
花的情书　花的甜言蜜语

风清云白家长里短
由着麻雀去说吧
它们正集中在石窟周围返青发绿的白杨树上
兴高采烈

天下哪有不高兴的事儿
那被我们的梦想重塑金身的佛祖知道
每个人合什的双手里都没有
"不爱"

白露过

我还要写诗
还要拖着行李箱
和你一起到远方去旅行

秋天空旷
旷野上只有一列绿皮火车
只有这一行不紧不慢的诗句
要我们共同写下

雪山是唯一的读者　却不是最后的
圣洁的眼睛
雪山在南
冬天　背靠着春天

秋天空旷
火车空空荡荡　只有我俩
奔赴远方，去采摘金色的波斯菊

夕阳是金色的烟尘
夕阳是金色的火车头

苜蓿

打开紫色花朵的包袱

打开西域的地图

一只蜜蜂

是汉使张骞走下葱岭的背影

或是那位大唐和尚前来化缘的钵盂

风吹苜蓿

三片青嫩的叶子

是命运绝无仅有的馈赠

——把力气赠予行者

水赠予血

颜色赠予丝绸

苜蓿留下种子

夜晚的天空

留下无数大宛马的眼睛

焉支花

根下单于睡觉
头上牛羊乱跑

焉支花
颜色在你手里
你举着一年一度的云

风儿吹
手儿摇

祁连山下的女子
脸似胭脂腰似草

在俄博

八月九月
梳羊毛打酥油的是吐蕃特人
贩卖羊皮和石头眼镜的是三个穆斯林

在肮脏小镇的十字路口
一个匆匆的过客是我
另一个，是折身飞往草海深处的蜜蜂

山峦起伏的草海
寂静多么辽阔呀
那蜜蜂嗡嗡的声音
为她，一位到青海边陲放蜂的南方少女
抽走了一根金羊毛——从空气中
并非从我身体里

而我
却不能带走俄博的一丝儿风

——那夹杂着方言和神示的风
瞬间把我吹远
吹回狭窄的生活

秋日私语

背着弓走在衰草连天的草原上
我长久地沉默着

一群噗噜噜飞过的野鸽子
它们的眼睛，我相信是远远的
三两座灵塔中的舍利
我相信怀孕的野兔会突然把直线跑成折线
在我尚未抽弓之际早已窜到云朵后面

天黑下来以后
我会把因秋霜而受潮的箭杆
在篝火边细心烤直
我还相信
黑夜会在附近的灌木丛中注视我
像一个过于肥胖的野兽
微微喘着粗气

二道桥：大巴扎

——赠沈苇

三万只羊头涌入光的集市

它们熟睡的眼睛

如何与中亚的星辰

交换相互的怜悯

而一笑便令人销魂的维吾尔姑娘的美人痣

拿什么来交换

惚兮恍兮

我是那个在一家出售羊毛地毯的商铺前驻足的背影吗

那个系着和田玉腰带的翩翩佳人

他是龟兹的王子还是波斯的富商

时光倒流，恍惚神魂附体

我果真拥有了他那一刻的愣怔

和千古痴心

除了从太阳的土地上捧出红玫瑰

从热瓦甫中捧出冰山上的雪莲

还可以拿什么献给她

无花果成熟的季节

我的冥想之旅如西域三十六国地图

刚刚打开

却被刀郎的歌唱声草草卷起

二道桥游客与商贩云集的夜晚

达瓦孜展开另一条魔幻和现实之路

注：巴扎即集市，波斯语的意思是"大门外面的事情"；达瓦孜，维语，走钢索。

两匹马的山谷

积雪的天山
戴着哈萨克男人的帽子
鸟儿自帽檐下飞出
鸟儿忍不住去问
一棵挂满红色浆果的树
现在几点了

现在几点了
雪水说话的山谷里
红马不似分针
白马不像时针
但被它们啃过的青草
渗出了时间的
新鲜汁液

吹箫者
——赠浪行诗人兼酬沈苇招饮

西域。啸聚的风
召集满地乱走的石头

黑塞青魂
静静谛听
坎尔井的水，若断若续
流过千里戈壁

其时
一只干裂的泥罐
早已陷落欧业不可知的流沙

沙之子
那闻雷而腹胀如鼓的蜥蜴
在净月的感召下
在不期而至的

流水之音和幽幽箫声中受孕

吹箫者
自西南而来
径自穿过一座混血的城
继续向西

西极之西
负箫的行者
背负宿酒未消的旭日
——如负载着一列绿皮火车的库尔勒
独自在旷古的节奏里闯荡属于自己的历史

牧场

草浪涌金
风传递一个久远的消息
蒙古人铁骑弯刀继续西征了

风赶在风前面
塔塔尔人乃蛮人畏兀儿人
一个人都不见的秋天
风，在天边逡巡

跨过落日
蒙古人虚设的篝火
风啊，请告诉我们别的
新鲜的事儿吧

雪水流淌的葡萄沟

村庄绿荫遮蔽的梦里
太阳把马奶酒
挤进葡萄

热风催熟
在田野里
忙着摘葡萄的阿娜尔罕
她臂膊上的痘痕
是雪水神秘的花

雪水无处不在流淌
雪水出沟
把她从冬不拉的弦索上
拐进一座葡萄晾房

她的花才十四
才十七

幻 象

积雪覆盖的岩石间
明月，幻化成蓬松而清新的
天山雪莲

东一朵，西一朵
在清夜逡巡的雄性雪豹眼里
别有一朵，簌簌而动
像宽衣解带的女人

那热血窜动的豹子犹疑不前
一棵孤单的松树
在它身后

在它身后
投落雪地的树影
已然又斜又长，仿佛一条接人来去的小路

若是你来，你在何处
若是我去，我即通过豹的眼睛
看见你——

明月雪莲
赤裸着，走进我心里

雨

绿蒙蒙的草原

被雨水洗净的

石头上

刻着经文

刻着你名字

雨下个不停

催眠的雨声

却使

那些石头渐渐长出

透明的翅膀

它们要飞往远方

抱着你名字

飞往

蓝色湖水下珊瑚的宫殿

这一切曾经与我有关
也被你用心接受
雨，在击石取火
雨是过去的证人

现在，云朵
依然低垂
开败的野花
就像完结的爱情

你不恨我
我也不再想你

闪电剔净骨头
我迟钝的心
归于
单纯的雨水

雨默默下
我默默流淌

草原
默默地绿着

暮色

即使大地有所补偿

即使土豆要被挖出

不必攥紧拳头

长眠的人

无物惊扰他们

寥廓秋野

落日

一只充满血腥的野兔的眼睛

瞪着

残山剩水间的鹰

在它身上

风暴重获大地的宁静

和我的　一无所有

焉支山遇雨

秋雨中静卧的石头

可会突然坐立成狼

在焉支山的山顶

仰天长嗥

闪电的缝隙里

单于一扬鞭

五里以内的马蹄

踏灭百里开外的灶火

翻飞的马蹄不粘泥

闪电末梢的胭脂

亦不想染红那一首古歌：

亡我祁连山，使我牛羊不蕃息

失我焉支山，令我妇女无颜色

胭脂，胭脂

要染

就染红一头狼的前胸染红一群狼的前胸

——冒着大雨，让它们

在狰狞的石头中奋力突奔吧

或者

染红松林里那位挖蘑菇的妇女的脸颊

到林间避雨

我得便向她打听

今年蘑菇的长势和市场行情

雪乡

被雪覆盖的冬小麦
那些地底下的人
愿他们睡得甜美
永远不再醒来

野鸟儿
愿它们熬尽苦寒
看见早起扫雪的新媳妇
在扫净的庭院里撒上一把秕谷

阳光叽叽喳喳
落到地上
又飞上树梢

雪乡的寂静
让你耳朵充满血液
听见每一株枯木里

响起花的咯咯的笑声

雪乡孕育着激情
雪乡多么好啊
好得新鲜、忧伤
好得像一切都才刚刚开始
像我身患绝症的老母亲
白发变成青丝

——她也刚刚成为新娘
她爱着沉睡四野的白雪
她爱着白雪爱着美好的生活
而我尚未出生
我在温暖的母腹中
又怎能瞥见
一口柏木棺材
缓缓移向老家的墓地

阿弥嘎卓雪峰

鹰翅之上
灰白的雾霭
是阿弥嘎卓的雪

北方的天空
粘满雪粉的金轮
碾过坚冰时嘎嘎的响声
揪住一只雄性青羊的耳朵

峭岩之上
那只仰脸倾听的大青羊
要稳住一场雪崩
前蹄不敢轻易抬起

白姆措
让我指给你看
从雪峰脚下

指看——

鹰是驾车的马

太阳的辂车

在雾中寻找它的悬崖之路

金轮嘎嘎的响声

在天地之间久久回荡

那只大青羊

已经变成铁青的石头

它依然坚持着

要稳住辂车

稳住即将在我们面前呼啸的一场雪崩啊

土城牧场

——给万岳

溪水有结冰的时节

我们把牲畜饮水的水泥槽要修长一些砌宽一些

要把里面的落叶灰尘还有羊粪蛋时时清理干净

冬日黄昏，当牲畜们从枯黄的山野归来，进入栏圈前先要
饮水

——我们大清早破冰取回的水在暖屋里存放了一天已经寒不
伤胃

当它们饮罢，我们还要把饮剩的带有草腥味的略微浑浊的水
排放干净

月出东山

一匹白马把头和脖颈伸进空空的水槽一嗅再嗅，然后

静静抬起头来怅望远方

那时我们早已进入梦乡，瓦舍的鼾声使起伏不平的山野更加
寂静

我们浑然不觉——

松明火把，人声嘈杂，华锐部落的先祖们自高山危岩的森林
中猎熊归来

其中有人还带来了一枚远比红宝石珍贵的麝香……

山隅

——给画家奥登

溪水潺潺
天空的蓝和云朵的白
打开所有的卷心菜也再难找到

鸡儿觅食的草滩上
一片金露梅兀自盛开
那么地热烈，如同黄昏炉灶中的柴火

在此山隅
谁能配享卓玛的茶炊
谁配享天籁之音和黄铜般静谧的日子

山腰缓行的牛角
恰似月牙儿光色动人的幻影出没于雾霭
可惜，我不是在溪水边对景写生的画家
——已经陶醉，已经忘乎所以

亦不是那牧人，正驱犊返家

一朵乌云带来一阵急雨
我，只是挂在牧场围栏的
铁丝上的一排排雨珠

清溪

滔滔不绝地说着
说着那些临流挥泪的人远去的背影
戍卒、贬官、商客抑或是
娶亲的花轿中恨别故土的女儿
他们都曾得到过它一掬明月的馈赠

他们与水交汇的眼神
山野不知名的花草可曾记得
他们的叹息留下溪流中冷冷的石子?

一鹰压低翅膀
看见它影子如漂木,如我身
如晚霜遇见篝火,泪水模糊

清溪自在,自言自语
多少年后,你或许从中听到我们
曾在它身边用松火烤肉木勺舀酒的老掉牙的故事

待月

群山之中。我是充实的
草尖的露珠
容纳落日
又苦又甜

落日是顶红盖头
露珠是我冷帐篷

寥廓草原
牛粪饼垛成了墙
金露梅扇动着野蜂的翅膀

风吹
草动

即使风吹草动
秋草根底

大梦睡醒的人们

头顶虔诚的铜盘

露珠

也不会把我的心轻易抛洒

我不说话

我就这么站定在草尖尖上

盼望你

如仓央加措盼望着

东山顶上

未生娘的脸儿

注：“未生娘”，藏语大略为“少女”之意。

炭山岭

翻山越岭
一辆装满夜色煤炭的大卡车
往北，加足马力朝青海开去

它关闭的灯光曾经扫描的密林里
溪水奔腾，带着落叶松针背道而驰
进入新的黎明

河谷上下
牦牛把阳光咀嚼出青草的汁液
危岩之上，老鹰侧目
一个高僧在酥油的塔儿里坐化了

化开了
化开了

天闲云淡

一朵乌云
可能带来一场大雨冰雹
也可能给你带来一座白帐房敞开的门

野花是青草头顶乱跑的脚
雨雾弥漫，野花
是你身影
是你和我急急奔走的身影

雁阵

清秋。河西走廊上空
向南迁徙的雁阵
变换着不乱的阵形
忽而降低忽而拔高

那碎银一般的雁叫声
揣进谁心里　谁都可以
逆风西行　遇店买酒

一碗浊酒
是胭脂泪
还是黑河水

秋风饮马
不见霍去病
黄芦白荻
休谈匈奴人

谁饮酒长歌
柔肠侠骨
谁愁心难托
指天数雁

关山月下

鹿在惊恐奔逃　黑山岩壁之上
在背后紧紧追赶的
是饥饿的箭头　与坚硬的风声
擦出磷火　引燃沉沉戈壁

朵朵幽蓝的磷火
只识弯弓　野兽的眼睛
只识饮血的男人　和茹毛衣皮的女人
那在黑山以南雄关以西
列阵的输电塔和三叶树的林带于它们是何其陌生
在干燥的夏夜里　哪怕携带溶溶月色示以亲善
它们也始终若即若离　怯怯游于风光核电的边缘
——那输送光明的巨型阵图如欲望的瀚海
往往吉凶难卜黑暗莫测

天翻地覆
饥即求食饱即弃余的狩猎时代毕竟一去不返

飞机替代萧萧马鸣

火箭替代秋风宝剑　蓄势待发　待鲸跃长空

吐出一朵硕大无朋妖艳无比的蘑菇

关城之上

谁是扼守残局的老卒

背倚冷月

独自叹嘘

饥即求食饱即弃余的狩猎时代果真一去不返了吗

注：“饥即求食，饱即弃余，茹毛饮血，而衣皮革”出自班固《白虎通义》。

戈壁晨思

不要说一轮旭日正在跃跃欲试

在地平线上大炼钢铁

把成千上万吨钢水倾入

青涩的天空和哑默的大地

——焉知陈旧的比方不会冲昏头脑

不会造成新的大面积的伤害

让一列奔赴边疆的绿皮火车

跑得慢些　再慢些

玉门还远　低窝铺依稀还在梦中

柳园敦煌哈密吐鲁番

还是天边闪烁不定的星座

那时，我还没有遇见我

我还没有遇见你

九色鹿遇见过落水者劝说过国王

骆驼草和砾石云影在清风中交谈
红柳在缓慢地生长
柳编头盔和铝制饭盒还没有
和飞沙走石在塞外磨合

一万年不久，我们早晚
会在旅途中惊喜相会
或在某个荒凉的小站悄然错过
怀揣着青春梦想和各自的方向

注：九色鹿，引自敦煌莫高窟 257 窟壁画故事。

花海

花草汹涌落日

落日是一个人的背影
是提在手里的小皮箱颜色暗红
不管多么留恋，一步一步
往地平线下挪去

一列停在花海深处的绿皮火车
似乎落日就是刚刚从这儿下车的
似乎忧伤的灵魂正从车窗里向外探望
一直望到望不见那落单的形影

无可簇拥的花草
终于梦醒一般从天边反噬过来
将整列火车淹没

在事故地点

几只红嘴玄鸟兀自议论着
薰衣草的味道

照临月光

石门云

石门开，细雨来
八月的山中
旱獭串亲

旱獭作揖
猎人成佛
夜来石门河水涨了几许

人间有多少忧患
山花哪里知晓
金露梅和紫色杜鹃
已自烂漫

垂顾四野的云
马牙之雪在天庭若隐若现
若杀气，峥嵘难掩

野桥横陈

山乡僻壤哪一片云中

仍有朽人痴心不绝

想自渡渡人

唯有白牦牛在半山坡里吃草

细雨乳雾中回眸

安天下若素

注：马牙，指马牙雪山。

过去

过去的事物
如同歌声刻在黑胶唱片里

过去的爱
如同闪电划开黑夜

幸福的人看见了钻石
惊喜的雨珠
在彼此眼里

怀胎一个青海有何不可
诞生一个瑶池有何不能

过去的一切已经过去
过去就像是失去唱盘的唱片机
在旧货市场落满灰尘的角落里

唱针如尖锐的问题
再也找不到回答的轨迹

秋祭

节逢中元
雁背残阳明灭
返照野外孤坟

柏露坠，玉骨冷
十七年，音尘断
凭吊无语，西风里
谁的心事已成堆灰

秋虫唧唧
青纱帐里沉甸甸的苞米
等待着收获
吹老青天的晚风
吹拂着沟渠边的白杨
好像母子之间
总有说不完的话儿

村庄永久

六畜兴旺人安其田

足食有信，仿佛天下

没有发生过变故与灾难

月亮刚刚升起

照彻祁连——

一列青岫

一列开往过去和未来的火车

注：足食，出自《论语·颜渊篇》。子贡问政。子曰："足食，
足兵，民信之矣。"子贡曰："必不得已而去，于斯三者何先？"
曰："去兵。"子贡曰："必不得已而去，于斯二者何先？"曰："去
食。自古皆有死，民无信不立。"

秋天的傍晚

回城的汽车
穿过苞谷茂密生长的黑黝黝的田野
月亮的村庄，呈现出
火柴盒一样清晰的轮廓
宛如记忆

父亲在车里大声咳嗽着，就在刚才
我们在庙台子地的祖坟里
设了香烛，摆正祭献的供品
我的祖父祖母母亲还有婶娘
躺在灰灰菜和冰草下面
暗暗注视着这一切，听着父亲和他兄弟
在烧化纸钱的火光中小声祷告

回想起多少年前
父亲每次探亲后告别的情形
有一次，他在庄院黑乎乎的灶房里

用煤火炖一只肘子

加少许青盐

其他调料丁点都没有

等肉烂了，亲手盛出一碗

看着他父亲喜笑颜开

蹲在灶头前热吃下去

香喷喷的肉味冲出天窗

他才推着咔咔作响的二八大杠自行车

安心离开家门

赶去几十里外的公社上班

车窗外凉风呼呼地吹着

头戴圆月的白杨棵棵攒劲

棵棵，迅速向后退去

父大声地咳嗽着，有点激动

仿佛他的父母妻子还有弟媳

正在享受着营奠的酒食

羚羊奔跑的盐池湾

肃北以北，敖包通天

盐池湾没有一棵树

也不长狗鱼

湿地寸草寸金

千孔细泉小声嘀咕

三五成群的羚羊逐食阳光

白臀短尾，或走或停

偶尔凝望祁连山顶的积雪

和天边的云彩

当它们开始在一架望远镜里奔跑

草尖金梭

把危险的风声快迅翻译成经文

写在虚空和羊皮之上

白露至，添裳衣

挟带着盐池湾的羚影风尘

党河由南向北去往敦煌

千佛洞里佛知冷否

久坐莲台也怕麻木

岩羊

在肃北的荒山野岭
乱石和草色之间
青背白臀，黎明的动感
来自岩羊

岩羊选择食物
如同诗人选择名词和动词
思维敏锐，从一个词
跳跃到另一个词
中间是野花寂寂的缓坡
或杀机四伏的绝境
是曲折和艰难怀疑与否定
是饥荒与满足
是舍和得
绝处逢生
岩羊立定于一块怪石的锥尖

跃上群山的旭日
仿佛刚刚踱出栏圈的骆驼昂首阔视
仿佛一滴热血
正和它交流

渊底
水声清远
穿过幽暗

野牦牛

六月是发情的季节
一头野牦牛高扬的尾巴如烈烈大纛
挟带着雷霆的血性，雪山凌厉
从云中，闯入牧人的畜群

不必赘述那家畜群中奋起反抗的公牦牛
毙命或负伤后落荒而逃的丧家之痛
有几多悲壮几多凄凉

那一对弯弯高挑的雄性犄角
如主宰荒原的光轮
刚刚升起在盐池湾波动的牦牛群之上

远远地，牧人捂着张大的嘴巴——
小心！它还有足够的蛮力
掀翻越野的金色吉普

牧户

在肃北一处山坳

一对夫妇正在沙草地上搭建帐房

一匹枣红马儿系在拴马桩上

在一旁静静站立，眼眸湿黑

淘气的马驹跑前跑后

亲热着长途跋涉后稍息的母亲

帐房的骨架已经搭起

地钉牢固

绳索如同反射的光线，柔美坚韧

在太阳落山前，不紧不慢

他们会把从马背上卸下来的炒面口袋

卷紧捆绑的被褥以及其他的家什

慢慢搬进帐房

奶茶在灶头沸腾，酽醉了晚霞

周围光秃秃的大山

和河谷里舒朗的流水声

变得亲近

石包城不远
一只飞鹰
不是一只头盔
在寻找一个紫袍被蛀蚀的将军

三两只旱獭
在那城头遗址眺望
或许会看到他们劳作的身影
一举一动，就像黄昏山谷里
簌簌无名的野花
尘土里的花瓣
那么细碎纯净
和谐但又莫名惆怅

或许什么也没看见
除了一群伸长脖颈四处找草的骆驼
出现在他们帐房附近
祁连山雪线更加高渺
因为干旱少草，尽管已是九月
那些骆驼一个个都还奋拉着驼峰

不用说贴足秋膘

驼峰巍巍

才能应付即将面临的严冬

在僻壤穷途

有他们休戚与共的日子

阿克塞的山头已降下飞雪

在阿克塞县城的养老院
我遇到了一位八十多岁的老人
床头放着一本哈萨克语诗集
还有他的族谱，他眼窝深陷
狐皮帽子闪着金红的光泽

年轻时或许是驯鹰呼鹰的猎手
双叉猎枪撂倒多少飞奔的黄羊
剥过狼皮拉过骆驼，在转场途中
用羊毛编制的幼兽袋背护过孱弱的羔羊
哈萨克少女头戴的鹰翎令他心动不已
月夜里，独自一人在北风撕扯的帐房
拨动冬不拉的琴弦……
但这一切都成为了烟云

如今他的双手变得绵软迟缓
早没了钳住盘羊弯角

搬倒一块山岩的力气，他需要的

不过是一日三餐

一碗奶茶半把炒米

已足够让他欢喜

岁月早把他内心的猎鹰驯服

铁的爪喙消隐于无为

和一派和平当中

九月

阿克塞的山头降下飞雪

无人惊讶

城边白杨黄了半边